조선 요괴 추적기

신설 장편소설

신설 장편소설

조선
요괴
추적기

ⓒ자음과모음

19세기 조선, 사람들은 사방에 여러 신이 있고
또 다른 사방에 여러 요괴가 있다고 믿었다.
누군가는 지구가 둥글다는 사실을 알았고
어떤 이는 두꺼비가 무지개를 만든다고 생각했다.
이처럼 혼란스러운 시기에
요괴의 뒤를 쫓는 이들이 있었으니…….

주요 등장인물

◆ **막동이** 열네 살 소년 법사. 형들의 만류와 비웃음을 뿌리치고
홀륭한 법사가 되고자 가출했다. 가르침을 받기 위해 구랍
법사를 찾아갔고, 그 아래에서 열심히 수련하고 있다.

◆ **구랍 법사** 칠랍 법사의 아들. 아버지와 달리 내린 점괘가 도무지
맞지 않는 것으로 유명하다. 우연히 '훼훼귀 잡는 구랍
법사'라는 별명을 얻은 후 요괴 퇴치 전문가를 자청한다.

◆ **도여 선비** 구랍 법사에게 사건을 의뢰하는 선비. 원래 귀신이나
요괴의 존재를 믿지 않았는데, 자신의 조카가 사람으로
보이지 않는 무언가에 납치됐다고 한다. 그자의 뒤를
쫓다가 정신을 잃는다.

◆ **광산업자** 의원도 술사도 아닌 정체불명의 존재. 치료를 빌미로
도여 선비의 형수에게 접근해 돈과 아이를 요구한다.
푸른 피부를 가졌으며 그 피부가 금속처럼 매끈하고
반짝인다고 한다.

차례

훼훼귀 잡는 구랍 법사

소생은 금년 지학에서 하나가 빠지는 14세의 나이로 미력이나마 꿈을 다루는 능력을 갖춰 안하무인이었으나 훼훼귀를 때려잡고 요괴를 추적하여 염력으로 잠재우시는 그 진기를 접한 이래, 바다를 처음 보는 송사리와 같은 심정으로 법사께 무릎걸음으로 기어가 가르침을 간청하였으니 이는 나의 홍복이라 지금은 법사님의 발치에서 배움에 진력하는 중이올시다. 참고로 장가는 아직 가지 못했소이다.

"소생은 금년 지학에서 하나가 빠지는 14세의 나이로……."

"어허!"

"하기 싫어요!"

창피함을 떠나 양심의 문제였다. 나이 말고는 다 거짓말이다. 그런데도 법사님은 자기소개랍시고 자꾸 연습을 시켰다. 못 외워서 그러느냐며 자극하기도 했고, 멋지디멋진 소개라며 꼬드기기도 했다. 아무리 그래도 아닌 건 아닌 거다.

"대체 할 줄 아는 게 뭐야? 염력 공부는 다 했어?"

염력, 그것 역시 아닌 건 아닌 거다. 사람이 손대지 않고 물건을 움직이다니. 나중에는 그걸 박살까지 내다니. 우리 할아버지도 안 믿을 말이다. 코웃음도 아까워 가만있었는데 사립문 밖에서 소리가 들렸다.

"손님이다!"

오랜만의 반가움에 나도 법사님도 화색이 돌았다. 법사님은 귀퉁이의 법복을 후다닥 걸쳤고 나는 방바닥의 이불을 얼른 치웠다. 그러고는 쓰윽 방 안을 살폈다. 그러다가 나처럼 방을 살피던 법사님과 눈이 마주쳤다.

가(可), 우리는 동시에 고개를 슬쩍 끄덕였다.

"네, 나갑니다!"

나는 소리쳤고,

"소개, 소개."

법사님은 속삭였다.

불가(不可), 그것은 당연히 불가였다.

말했듯 양심의 문제여서 그 소개는 나이 말고는 다 거짓말이다. 하물며 장가를 못 갔다는 말까지 그렇다. 부잣집 독자도 아니고 이제 겨우 열넷, 당연히 안 간 거다. 그런데도 법사님은 자기소개에 그 말을 꼭 붙이라고 했다. 자기가 장가를 못 가서다.

법명은 구랍, 내년이면 마흔. 법사님이 아직도 총각인 이유는 있는 게 없어서다. 돈도, 매력도, 머리카락도 없다. 얼마 전에 머리를 민 이유도 대머리를 감추려고다. 승복 모양 법복을 입으면 스님보다 더 스님 같다.

그런 법사님에게 귀신 쫓는 능력이라고 있을 리 없다. 안타깝게도 이건 나만의 생각이 아니다. 100리 안 사람 중에 모르는 사람이 없어서 손님보다 우리 할아버지가 더 자주 찾아올 정도다. 그런데도 가끔, 아주 가끔 손님이 찾아올 때가 있다. 법사님은 모르고 법사님 아버지만 아는 사람들이다. 나는 그들이 미련하다고 생각하지 않는다. 착한 마음으로 그러는 게 아니라 스스로 부끄러워서다. 나도 그 손님들과 별로 다르지 않았었다.

이곳에 살기 전에 나는 양성현에 살았다. 엄마와 세 명의 형,

"아이고, 우리 막둥이. 벌써 일어났네?"

그리고 할아버지와 함께였다. 마당에서 콩을 추리던 할아버지가 그날도 나를 반겼다.

"둘째 형 코 골아요. 귀도 아프고 꿈도 사납고."

"꿈? 뭔 꿈을 꿨는데?"

"몰라요. 억지로 곤다니까요. 뭐라고 좀 해 줘요."

"알았어, 알았어. 그러니까 뭔 꿈을 꿨는데?"

나는 형의 코골이를 말하고 싶었는데 할아버지는 언제나처럼 내 꿈에 관심이 많았다. 꿈이 자세하지는 않았다. 노란 베옷을 입은 누군가가 '너 몇 살이냐?' 물은 것만 기억났다.

"오호, 노오란 새 옷이라? 놀러 갈 꿈이네!"

나는 자주 꾸기만 했지 꿈이 들어맞는 경우는 한 번도 없었다. 하지만 할아버지는 항상 내 꿈이 신통하다고 주장했다.

"봐라! 딱 맞지? 놀러 갈 꿈이라고 했잖아."

산속에서 나무를 하는 일이 어떻게 나들이가 되는지는 알 수 없었다. 더구나 그마저도 놀러 가야 한다며 할아버지가 억지로 끌고 나온 자리였다.

"니 꿈이 참 신통타. 어쩜 이리 잘 맞냐?"

땔감을 베면서도, 그것을 등에 지고 내려오면서도 할아버지는 그렇게 말했다.

나는 산 아랫길에서까지 꿍했는데, 웬 중이 저만치에서 다가오고 있었다.

"어허, 좋지 않소. 좋지 않아."

그 중이 뻔한 수작을 부렸다.

"무슨 말씀이신지……."

그런데도 할아버지는 걸음을 멈췄다.

"상투가 솟고 등짐이 무거우니 이는 병들어 기대는 녁(疒)의 형상이라."

거기까지 말한 중은 먼 산을 바라봤다. 그러고는 잠시 뒤 말을 이었다.

"집 안에 병자가 있지 않습니까?"

"에이."

할아버지는 다시 걸음을 뗐다.

"아! 가만, 가만. 녁 자는 등짐이 본래부터 두 개인 것을. 그렇다면 하나는 나뭇짐, 하나는 근심이니 잃어버린 물건이……."

있을 리 없었다. 할아버지와 나는 계속 발을 놀렸는데, 중은 어영부영 다시 말을 이었다.

"있다고 생각하기 십상이나 하늘로 올라야 할 혼이 집에 붙어 영이 된 꼴이니……."

중은 할아버지를 힐끔 살폈다.

"……근자에 상을 치렀구나."

그러고는 나뭇단 위쪽을 그윽하게 바라보며,

"그렇다면 저이가 그이인가?"

목소리에 힘을 줬다.

"어찌 아셨소?"

할아버지는 우뚝 걸음을 세웠다.

"보여서 알았습니다."

"아, 이번에 돌아가신……."

"남자예요, 여자예요?"

내가 얼른 끼어들었다.

중은 열한 살짜리 꼬맹이는 상대하지 않는다는 얼굴이었다.

"남자랑 여자랑 뭐냐고요!"

나는 꼬맹이다운 얼굴로 눈을 치켜떴다.

그쯤 되자 할아버지도 궁금한 표정이었다. 중은 "으음" 신음인지 한숨인지 모를 소리를 냈다. 그러더니 호탕하게 웃었다.

"하하! 세상천지 어디에 쪽을 진 남자가 있단 말이오? 백발이 성성하여 천수를 누렸으나 흰자가 어두우니 근심의 증거렸다!"

고모할머니 초상이 얼마 전이었다.

"아이고, 누님!"

할아버지는 주저앉았고 나는 머리카락이 쭈뼛했다. 아직 법사님의 실체를 모르던 때였다.

그 뒤로는 일사천리였다. 물뿐만 아니라 밥도 대접했고 엄마와 형들까지, 온 가족이 나란히 서서 인사를 했다. 가겠다는 사람을 붙잡은 것은 당연했다.

"갈 곳을 모르는 게지요. 아직은 괜찮으나 곧 절망할 테고. 그때 는…… 흐음."

법사님은 자신을 만났으니 얼마나 다행이냐고 했다. 그러고는 오른손엔 대나무 장대를 왼손엔 대나무 통을 쥐었다. 대나무 장대 는 복숭아나무 가지가 없어서 든 임시방편이었다.

복숭아나무 가지를 휘두르는 대잡이와 북을 치며 경을 외우는 독경사는 자주 보는 풍경이었다. 귀신을 잡으려면 그렇게 둘이 필 요했는데, 법사님은 혼자서 두 사람 몫을 한다고 했다. 이미 할아버 지의 믿음이 단단했는데도 법사님은 굳이 자기의 내력을 우리에게 알렸다.

"저희 선친의 법명이 칠랍이셨습니다."

그 말에 구경 와 있던 옆집 아줌마가 깜짝 놀랐다. 그냥 우리 엄 마 같은 보통 아줌마였다. 그런데도 아줌마는 칠랍 법사라는 사람 을 알고 있었다.

"그렇다면 저 멀리 양지 분이신데 어찌 여까지 다 오시고."

"인연입니다, 인연이에요."

법사도 합장을 하는지는 잘 모르겠다. 어쨌든 법사님은 두 손을 모아 천천히 고개를 숙였다.

"맞았다, 맞았어! 막동이가 또 맞았어!"

할아버지의 목소리가 높았다.

"놀러 갈 꿈이 아니라 인연을 모실 꿈이었네! 새 옷 하면 손님맞인데 왜 몰랐을까!"

"내가 입은 게 아니라 다른 사람이요. 그리고 새 옷이 아니라 노란……."

"그러니까! 새 옷 입은 귀인이면 영락없이 딱 맞혔다!"

내가 말을 마치기도 전에 할아버지는 목소리를 높였다.

"오호, 귀인이요?"

법사님은 그 말이 마음에 드는 모양이었다. 내 얼굴을 빤히 바라본 법사님은 나를 한 바퀴 돌게 했다. 그러더니 중얼중얼, 손가락을 꼼지락댔다.

"기재로고, 기재로고. 이대로 두면 가족의 화를 막을 테고, 취미로 두면 주변에서 운수를 물을 것이며, 직업으로 두면…… 흐음, 내 가슴께까지는 올 만합니다."

"아이고, 우리 막둥이! 밥은 안 굶겠네!"

할아버지는 크게 소리쳤고 나도 조금은 으쓱했다.

그때부터 당장 술사를 꿈꿨던 건 아니다. 처음에는 법사님의 칭찬을 떠올렸고 나중에는 할아버지의 해몽을 함께 즐겼다. 가끔은 멍하니 상상에 빠지기도 했다. 고모할머니를 대나무 통에 착, 가두고 쓰윽 땀을 닦던 법사님처럼 되는 상상이었다.

"본래는 땅에 묻는 것이 술가의 법도이나 누님을 폐하는 것은 세속의 예가 아닙니다. 내 아는 절이 있으니 그곳에 봉양하고 법도와 예의를 공평히 하겠소."

어떨 때는 법사님 말을 흉내까지 냈다.

그렇게 어느새 나의 꿈은 법사가 돼 있었다. 그리고 나는 열두 살 생일날 나의 길을 선언했다.

집안이 발칵 뒤집혔다. 큰형은 타일렀고, 둘째 형은 때렸으며, 셋째 형은 비웃었다. 그리고 엄마는 울었다. 할아버지는 힘없는 당신 신세를 한탄하며 나에게 사과를 했다.

"내 편은 할아버지밖에 없어요."

나는 할아버지와 눈물을 한 방울씩 나눴다. 그리고 다음 날 아침 가출을 했다. 가족에게 한 장, 할아버지 앞으로 한 장. 편지 두 장을 남겨 두고서였다.

법사님 집에 가기까지의 고생과 도착한 뒤의 서러움을 굳이 길게 적지는 않겠다. 요약하자면 도착하는 데 하루 반이 걸렸고, 허락을 받는 데 일주일이 걸렸다. 거기까지 쫓아온 형들에게 맞기도 많이 맞았다. 또한 콧방귀를 뀌는 법사님에게 구박을 당하기도 많이 당했다.

그리움, 용기, 분노, 서러움……. 돌이켜 보면 허락을 받는 그 일주일 동안 참 많은 것을 배웠다. 그리고 그때로부터 1년 하고도 반 정도가 지났다. 그러나 그동안 내가 배운 거라고는 양심을 팔아야 하는 자기소개뿐이다.

"소생은 금년 지학에서 하나가 빠지는 14세의 나이로, 어 그게…… 배움에 진력하는 중이올시다. 참고로 장가는 아직 가지 않았소이다."

"상투가 없으니 내 알아보았네."

줄이고 또 줄였는데도 우스운 건 여전한지 손님은 씨익 웃었다. 헐거운 무명 도포에 구슬 장식도 없는 갓끈을 맸다. 초라한 차림이었는데 신발만은 가죽으로 만든 갓신이었다.

"뭔 쓸데없는 소리가 그리 많아? 얼른 모시지 않고!"

안에서 법사님 소리가 들렸다. 시키는 대로 자기소개를 안 한다고 심술을 부리는 중이었다.

"어서 드시지요."

내가 문을 열자 선비가 먼저 들어갔다.

"어허, 그 먼 길을 혼자 오시다니 수고가 송구합니다."

책상을 마주하고 앉은 선비에게 법사님이 인사를 했다.

"반갑네. 근데 어떻게 내가 먼 데서 왔다는 걸 알았는가?"

모를 리 없었다. 근처 사람이라면 그 많고 많은 도승, 무당, 판수 중에 법사님을 찾을 리 없었다. 윗대의 명성을 듣고 찾아온 타지 사람인 게 뻔했다.

"명색이 깃발을 걸었는데 알지 못할 이유는 또 무엇입니까?"

"허허, 헛수고는 아닌 듯하니 마음이 조금 놓이네그려."

"그래, 무슨 이유로 찾으셨습니까?"

"자네가 한번 맞혀 보면 어떤가?"

손님들이 흔히 하는 떠보기였다.

"부적 몇 장 받으러 나선 길은 아니고, 길흉을 물으려는 것도 아닙니다. 한시가 바쁜 흉업인데 어찌 시간을 낭비하시오?"

법사님의 대구는 항상 똑같았다. 그 먼 길이 부적이나 점복 때문이 아닌 것은 뻔했다.

"또한 자신의 부귀를 감추고 빈자를 사칭하는 자에게 어찌 진실을 말할 수 있겠소!"

법사님이 버럭 소리를 질렀다.

어떻게 알았을까? 선비는 놀라는 표정이었다.

신발 때문에 알았다. 이런 곳을 찾는 사람들의 처지는 짐작이 어려웠다. 가난한 사람은 가장 좋은 옷을, 잘사는 사람은 가장 좋지 않은 옷을 입고 왔다. 하지만 신발은 그렇지 않았다. 헐렁한 짚신이면 끼니를 걱정하는 처지였고, 미투리라면 가끔 쌀을 섞어 먹는 정도였다. 그런데 가죽신이라면 그 급이 달랐다. 비단으로 무늬까지 넣은 태사혜라면 특히 그랬다.

그런 좋은 가죽신은 어서 드시지요, 였다. 물론 법사님과 미리 약속을 해 둔 말이 있어서 신발마다 인삿말이 달랐다.

그 사실을 짐작도 못 한 선비는 순순해졌다.

"의도는 없었으니 너무 개의치 말게나. 사실은 찾으려는 사람이 있어서 왔네."

"사람이요?"

법사님의 물음에 선비가 나를 힐끔 쳐다보았다.

"괜찮습니다. 아랫것들이 으레 입이 가벼우나 저의 단속이 못지 않게 무겁습니다."

법사님은 씨익 웃었고 나는 꾸욱 참았다. 그런데 약속을 듣고도 선비는 말을 꺼렸다. 몇 번의 말이 오간 뒤에야 선비의 사정을 들을 수 있었다.

"실종한 조카를 찾으려고 하네."

"조카요? 어디서 잃으셨습니까?"

"잃지는 않았고……. 납치를 당했네."

"예?"

앞일을 아는 술사가 놀랄 일이 무엇이 있겠는가? 술사에게 그런 되물음은 금기였지만 선비의 이야기가 믿기 힘든 것은 사실이었다.

선비는 자(字)가 도여이고 죽산에 사는 사람이었다. 조카에게 병이 있어 그 근처 누군가에게 조카의 치료를 맡겼다고 했다. 그런데 그자가 조카를 데리고 사라졌다는 내용이었다.

그 사람이 의원은 아니라고 했다. 술사도 아니고 광산업자일 수는 있다는데 그것 역시 확실하지 않다고 했다.

"확신은 못 하네만 피부가 푸른색이었네."

게다가 조선 사람이 아닐 수도 있다니 조금은 황당했다.

그 말을 들은 법사님은 눈을 크게 떴다.

"요물이 아닌가!"

그러고는 한술을 더 떠 요괴라고 주장했다.

나는 창피했지만 법사님은 진지했다.

"붉은색, 옻칠색은 들어봤어도 푸른색 양이(洋夷)는 들어본 일이 없습니다. 색깔 말고도 분명 다른 점이 있을 것입니다, 그렇지요?"

법사님의 자신만만한 물음에 선비는 조금 망설였다. 그러다가 그자의 피부가 금속처럼 매끈하고 반짝이는 느낌이었다고 말했다.

법사님은 그럴 줄 알았다는 표정이었다.

"막동아, 철골귀를 아느냐?"

"예, 법사님."

"무엇이냐?"

"키는 6척 5촌에 팔다리가 길고 피부는 푸른색입니다. 또한 피부의 단단함이 갑옷과도 같아 창도 뚫지 못합니다. 공부가 높다고 유명한 나주 선비 기호영이 쓴 『지선록』이란 잡학서가 있습니다. 그 책에서 이르기를 진도 사람 박여랑이 물릴 뻔했고, 김영처의 외삼촌이 보았다고 합니다."

법사님의 물음에 목소리를 가다듬고 대답했다. 물론 나 스스로도 내가 말한 내용을 믿지는 않았다. 그렇다고 그 내용이 거짓말은 아니다. 그러니까 그런 요괴가 있다는 게 아니라 그런 요괴가 있다는 말이 있다는 게 진짜란 뜻이다. 내가 그런 요괴까지 아는데는 사연이 있어서다.

"그자는…… 아니, 그 요괴는 분명 철골귀요!"

법사님이 그토록 요괴라고 믿고 싶어 하는 이유도 사연이 있어서다. 그리고 나와 법사님의 사연은 한가지였다.

1년 전 이야기다. 그 무렵에 안 그래도 없던 손님이 갑자기 뚝 끊겼다. 무슨 일일까? 궁금함은 둘째 치고 당장 끼니가 문제였다. 법당에 앉아 손님을 맞던 무모함에서 벗어나야 했다. 그래서 우리는 깃발을 들고 시장에 나갔다. 법사님 말을 빌리자면 체면 떨어지는 일이었다.

"하, 돌팔이들 좀 봐라."

판수들이 할 말을 법사님이 했다.

어쨌든 경쟁자가 많다는 것은 사실이었다. 근처만 해도 판수가 서넛이었다. 가느다란 대나무 작대기를 탁 탁 탁 두드리면서 "무운(問)~ 보옥(福)~"하고 다니는 맹인 판수들이었다.

그런 판수들을 부르는 말은 다양했다. 승복을 입은 판수는 도류승이나 맹승이었다. 경을 읽으니 경객이나 독경자라고도 한다. 높이는 말로는 복사, 선사, 법사인데 낮추는 말로는 경쟁이, 점쟁이, 경바치다. 판수가 아닌 그러니까 맹인이 아닌 우리 같은 술사는 보통 경객이나 법사라고 부른다. 그중에서도 우리는 법사였다. 남들이 뭐라고 부르건 법사가 가장 그럴듯한 말이었다.

맹인이 아닌 법사에게 손님을 끄는 방법이 따로 있을 리 없었다. 그래서 우리는 방법을 급하게 만들었다. 나는 하얀 종이꽃을 건 대나무 깃발을 들고 앞에서 걸었다. 법사님은 웅얼웅얼 경문 비슷한 소리를 중얼거리며 따라왔다.

그날도 그렇게 시장을 훑고 다녔는데 바글대는 사람들 속에서 익숙한 얼굴이 눈에 들어왔다. 우리 집 단골인 팽나무 할아버지였다.

"내 이럴 줄 알았지!"

법사님이 나를 앞질러 갔다.

고등어를 뒤적이던 팽나무 할아버지는 그제야 우리를 본 모양이었다. 몸을 휙 틀더니 바쁘게 지팡이를 놀렸다. 그래 봤자 노인의 걸음, 법사님은 벌써 할아버지 옆이었다.

"서운합니다. 서운해요."

법사님은 진짜 서운한 사람의 목소리로 말했다.

"그게 아니라……."

팽나무 할아버지는 고개를 푹 숙였다.

"구랍 법사가 아니라 광통교 선사라고……. 나도 가고는 싶은

데······."

점복에 관심 있는 사람이라면 모두가 광통교 선사를 알았다. 물론 나도 광통교 선사를 안다.

옛날 광통교 근처에 김을부라는 판수가 살았다. 경성 안에서 그 이름을 모르는 사람이 없을 정도로 유명했다. 그만큼 점괘가 신통했는데 잘 맞혀서 신통한 게 아니라 못 맞혀서 신통했다. 좋다고 하면 나빴고 나쁘다고 하면 좋았다. 틀림이 없었다. 그 재미로 오는 손님이 많아서 큰 부자가 됐다고 한다. 그 뒤로 언제부터인가 사람들은 사이비 판수를 광통교 선사라고 불렀다.

"가기만 해도 비웃음을 사니까······."

그리고 광통교 선사라는 소문이 돌면 손님이 뚝 끊겼다.

법사님의 얼굴이 붉게 달아올랐다. 본래 낯이 두꺼운 분이니 창피함 때문은 아닌 듯했다. 그렇다면 분노 때문이었다.

"내가 이놈을 그냥!"

법사님은 그 소문을 퍼트린 장본인을 안다고 했다. 시장 귀퉁이에 좌판을 깐 녹치 선사라는 판수였다. 그 판수와 법사님이 크게 싸운 적이 있었다. 그가 한 사람값으로 두 사람 점괘를 뽑아 주는 일을 법사님이 못마땅하게 여겨서였다.

법사님은 당장에 녹치 선사가 좌판을 깐 장소로 쳐들어갔다. 물론 다짜고짜 거기를 뒤엎지는 않았다. 나름 체면을 생각했는지, 법사님은 그 옆에서 괜히 어슬렁거리다가 나를 자기 옆에 불러 세웠다. 그러고는 큰 소리로 경을 읊기 시작했다.

"천황천황 보화십방 무도불응 무구불양 양양온음 만고수광……."

귀신 쫓는 옥추경이었다.

"듣자 하니 구랍 법사 아니신가? 법당에 있어야 할 양반이 남의 판에서 무슨 추태요?"

오는 말이 고울 리 없었다.

"윷을 놀면 윷판이고 굿을 하면 굿판이라. 윷도 굿도 아닌 이것은 개판인가 무엇인가?"

법사님 말투는 더 곱지 않았다.

"시안견유시(豕眼見惟豕)라. 돼지가 돼지만 보듯 개가 개판을 보니 이 아니 절묘한가?"

판수도 만만치 않았다.

"내가 개인 것은 모르겠으나 내 눈에 개가 보이는 것은 확실하오."

"없는 개가 보인다니 내 미친굿 한번 해야 하나 보오."

그래도 그 정도는 나았다. 나중에는 예전에 그랬듯 서로에게 삿대질을 날려 댔다.

"그렇게 실력이 없으니까 저자에다 자리를 깔았지!"

"어이구, 그러는 너는 그 좋은 실력으로 여기 나왔냐? 아버지 이름 팔면서?"

"뭐, 이놈아!"

"이놈이 뭐냐, 이놈아!"

가관이었다. 법사와 선사가 서로 삿대질하면서 고래고래 목소리를 높이니 어느새 사방에는 구경꾼들로 가득했다. 그들 눈에는 더 가관이었을 것이다. 법사와 선사가 서로 삿대질을 하는데, 그 옆에 이상한 장대를 든 조무래기 하나가 안절부절못하고 있었으니 말이다.

"술법이 좋아야 술사지. 목소리가 커야 술산가?"

구경꾼들 사이에서 누군가가 소리쳤다.

"한번 붙으면 되겠네!"

"그렇지!"

사람들이 맞장구를 쳤다.

선사와 법사님도 서로 물러서지 않았다.

"잘됐네. 광통교 선사 솜씨 좀 봅시다."

"암, 잘됐지. 내 이참에 개를 개집에 보내 버릴 테니까."

그렇게 대결은 성사되었다.

대결 종목을 정하기가 쉽지 않았는데 정확히는 법사님이 까다롭게 굴었다. 말로는 사나이답게 단판 승부를 하자고 했다. 병자를 치료하는 치병이 그나마 억지를 부릴 만해서였다. 치병 말고도 경을 읽는 독경, 점을 치는 점복을 함께 겨루자는 구경꾼들이 많았다. 그런데도 법사님은 기어코 치병만을 주장했다.

"그럼 그렇게 합시다."

치병 대결을 허락한 선사는 점괘가 담긴 거북이 등딱지를 쓰윽 쓰다듬었다. 나무를 깎아 만든 가짜가 아니라 바짝 말린 진짜 거북이 등딱지였다. 옻칠이 반짝이는 그것은 크기까지 한 아름이어서 점복을 겨뤘다면 승패는 보나 마나였을 것이다. 게다가 녹치 선사의 독경은 우리도 그 별명을 알 정도로 유명했다. 그의 별명은 '일이'나 '이삼'도 아닌 '일이삼'이었다.

무당이나 박수는 일어서서 춤을 추며 귀신을 달래지만, 판수와 법사는 앉아서 북을 치고 경을 읽으며 귀신을 물리친다. 그런 독경을 잘하려면 첫째로 목소리가 낭랑해야 하고, 둘째로 북장단이 좋아야 하며, 셋째로 경을 잘 알아야 한다. 그 전부를 갖추었다고 해서 선사의 별명이 '일이삼'이었다.

"저 선사가 일이삼 아닌가, 일이삼!"

"그럼 저 사람은 뭔데?"

"몰라. 법명은 팔랍인데."

사람들의 수군거림을 법사님은 애써 외면했다.

"얼른 시작합시다!"

그러고는 떵떵 소리쳤다.

경을 읽는 독경을 하든, 신장대를 휘두르는 대잡이질을 하든, 아니면 결계를 치는 설경을 하든 치료 방법은 알아서 하기로 했다. 그런데 누구를 치료하는가가 문제였다. 몸이 아프다며 손을 드는 사람은 많았지만 똑같은 병은 적었다. 그들 중에서 같은 나이는 더 적었고 같은 나이라도 체격이 달랐다. 그러니까 똑같은 병이 걸린 쌍둥이라도 데려와야 할 판이었다.

"그렇다면 내가 제격이구먼!"

어깨가 아프다며 어느 아저씨가 나섰다. 왼쪽, 오른쪽을 사이좋게 치료하면 된다는 설명이었다. 그럴듯했지만 반대 의견 역시 만만치 않았다. 바짝 붙은 콧구멍도 양쪽이 번갈아 막히니 저 넓은 어깨는 두말할 필요도 없다는 의견이었다.

그렇게 방법을 정하기가 쉽지 않던 중에 누군가가 묘수를 냈다.

"내가 이 노인을 아는데 저 두 사람한테서 치병을 받은 분이외다. 겨루고 말고 할 거 없이 그냥 묻는 게 빠르지 않을까요?"

그 사람이 말한 노인은 팽나무 할아버지였다. 언제 왔는지 팽나무 할아버지가 사람들 틈에 섞여 있었다. 할아버지는 난처한 표정으로 손사래를 쳤는데, 구경꾼들 역시 그 방법을 반대했다.

굿이건 드잡이건 무언가를 기대하던 사람들이었다. 그런 그들에게 그 방법은 꽤 김새는 일이 아닐 수 없었다. 그런데도 법사님은 팽나무 할아버지를 기어코 잡아끌었다. 바짝 다가가 무언가를 중얼거리면서였다. 자세히 들리지는 않았지만 '의리'라는 단어는 알아먹을 만했다. 팽나무 할아버지는 더욱 난처한 얼굴이 됐다.

우물쭈물하는 할아버지를 대신해서 조금 전의 아저씨가 다시 설명을 이었다.

"이 노인은 평소 급체가 많으십니다. 뭐만 먹었다 하면 체하세요. 그때마다 치병을 하는데 이 두 선사를 고루 아는 분입니다."

소개가 끝난 뒤에도 팽나무 할아버지는 입을 열지 못했다. 그러다가 법사님과 눈이 마주치고는 무언가를 결심한 사람의 표정이 됐다. 안심하라고 달래는 사람의 표정 같기도 했다.

"양심껏 말씀하쇼! 안 그러면 상제가 노해서 큰 병이 들 테니까."

"예끼, 이 사람아! 노인네한테 할 말이 따로 있지. 그냥 평생 체기에 시달리는 정도로 합시다."

그런데 그 말들을 듣고서는 다시 눈빛이 흐려졌다. 또다시 법사님의 시선을 피하던 팽나무 할아버지는 무언가를 웅얼거렸다. 들리지 않을 정도로 작은 목소리였다. 하지만 승자는 대번에 알 수 있었다.

"하하!"

선사는 크게 웃었고,

"무효요!"

법사님은 크게 소리쳤다.

선사에게 박수와 축하를 건네느라 아무도 법사님을 신경 쓰지
않았다.

"무효요, 무효!"

그러자 법사님의 목소리가 더욱 커졌는데 그 큰 목소리로 계속
무효를 주장했다.

"이유가 뭐요?"

있을 리가 없었다. 법사님은 제대로 대답하지 못하고 "음, 그
게……" 중얼거리다가 갑자기 소리쳤다.

"나는 본래 요괴 전문이요!"

생전 처음 안 사실이었다. 그런데도 법사님은 그럴듯한 설명까
지 내놓았다. 자신은 눈에 보이지 않는 귀신보다는 실체가 잡히는
요사하고 괴이한 것, 그러니까 요괴 퇴치를 전문으로 한다는 주장
이었다.

"귀신 쫓는 치병보다는 요괴 잡는 퇴치가 훨씬 어려운 일이오.
우선 귀신은 보이지가 않으니 어찌 쫓았는지 말았는지 알겠소?"

"허허."

사람들은 헛웃음을 냈고 내 얼굴은 달아올랐다.

"우리 눈에 안 보이니 장님 눈엔 보이는 법이지. 그러고 보면 자
네도 우리랑 같은가 보네? 눈뜬장님이니까 말이야."

끝이 화려한 갓을 쓰고 가슴에는 명주 술띠를 묶은 스무 살 정

도의 사내였다. 손에는 보따리를 들었는데 그 보자기도 명주로 만들어서 꽤나 부자로 보였다. 글도 좀 읽었는지 사람 놀리는 솜씨가 괜찮았다.

"게다가 요괴는 대체 어디에서 볼 수 있는 겐가? 귀신이나 그것이나 내 본 적이 없으니 요괴는 자네 꿈속에서만 사나 보네."

낄낄대는 사람들 앞에서도 법사님은 물러서지 않았다. 얼마 전에도 한 놈을 때려잡았다는 억지까지 부렸다.

"막동아, 너도 봤지?"

그리고 그 억지를 나에게까지 강요했다. 고민스러웠지만 양심을 판들 결과는 같을 터였다. 게 편인 가재 말을 누가 믿겠는가 말이다.

"가만, 따라오진 않았으니까 보지는 못했고……. 이야기는 들었지?"

그 괜한 자랑을 듣기는 들었지만 함께 비웃음을 사는 일이 의리인지는 잘 모르겠다. 나는 눈빛을 흐리며 가만있었다.

"내가 보았네!"

그래서 그 말은 내가 한 말이 아니었다. 팽나무 할아버지였다. 할아버지는 우정을 위해서 양심을 외면하는 그런 사람의 표정이었다.

"가만있자. 한 몇 달 지났을까 싶은데."

사람들의 관심이 전부 팽나무 할아버지에게 모였다. 그 사람들을 한 바퀴 휘이, 돌아본 할아버지는 조용하면서도 또렷한 목소리로 이야기를 시작했다.

　"우리 집 마당에 팽나무가 있거든. 100년은 진작 넘었고……."

　그 팽나무 때문에 할아버지는 팽나무 할아버지였다. 그 팽나무 때문에 팽나무 할머니였던 아내는 세상을 먼저 떠났고, 팽나무네 자식으로 불리는 두 아들은 먼 곳으로 일을 나가 있었다. 그날도 혼자였던 할아버지는 밤에 소변이 마려워 마당에 나갔다. '저게 무얼까?' 그런데 마당 구석에서 무언가가 눈에 들어왔다.

　"팽나무에 커다란 뒤웅박 같은 게 걸려 있었어."

　물론 뒤웅박은 아니었다. 그것을 닮았지만 어른이 굴려 놓은 눈덩이보다도 컸다. 커도 훨씬 커서 강원도 설악산에 있다는 흔들바위만큼이나 컸다. 할아버지는 당장에 기다란 장대로 그것을 두드려 보았다.

　"캥캥도 아니고, 턱턱도 아니고……."

　그런 소리를 내며 그것은 미동도 하지 않았다. 사람들을 불러 모으기에는 늦은 시간이어서 할아버지는 날이 밝기를 기다리다 깜박 잠이 들었다. 그러다가 문득 눈을 떴는데 방문 너머에서 들려오는 소리 때문이었다.

　"끼르르! 끼르르!"

웃음이 아니었는지도 모른다. 더구나 입에서 나는 소리 같지도 않았다. 문틈으로 내다본 마당에는 벌거벗은 무언가가 뛰어다니고 있었다. 처음에는 머리가 유난히 커다란 어린아이로 보였다. 그러나 그것은 사람이 아니었다. 머리와 몸과 다리는 있었지만 눈과 코와 입이 없는 그것이 사람일 리 없었다.

"그러면 누가 전문이야? 구랍이지!"

빨리, 빨리! 할아버지의 재촉에도 법사님은 속도가 늘지 않았다. 하필 도중에 발목을 삐어 버렸기 때문이다. 그러나 법사님은 법사님이었다. "이 쪼그만 놈이!" 그놈을 확인한 법사님은 몸을 아끼지 않고 마당으로 쳐들어갔다. 독경을 외우는 목소리는 우렁찼으며 신장대를 휘두르는 몸짓은 단호했다.

"싸움이 길게는 안 갔어. 아깝게 잡지도 못했고."

무슨 술책을 부렸을까? 팽나무에 있던 뒤웅박 모양의 것이 어느새 마당에 내려와 있었고, 요물은 그것 안으로 순식간에 사라졌다. 마치 연못 안으로 뛰어드는 개구리 같았다. 뒤이어 뒤웅박 모양 그것 역시 순식간에 사라졌다. 그 일은 할아버지네 큰손자 앞에 있던 인절미와 같은 경우였다.

"분명 거기 있었는데 눈 깜박하는 사이에 사라진 거야. 그 커다란 공이 하늘로 휙 날아갔다니까. 그러지만 않았으면 우리 법사님이 콱 잡는 건데 말이야."

할아버지는 이야기 솜씨가 괜찮았다. 진짜일까? 나까지 믿을 뻔했다.

다른 사람들은 더 혹했는데 누군가가 쐐기까지 박았다.

"훼훼귀네, 훼훼귀!"

아까 법사님을 놀리던 그 선비였다.

"입은? 입은 어떻게 생겼소? 아, 입이 없다고 했으니 입 자리에 새 부리가 달렸지요?"

그 사람이 내처 물었다.

팽나무 할아버지는 조금 우물쭈물했는데 법사님이 대신 나섰다.

"어찌 아셨소?"

낯이 얼마나 두꺼운지 법사님은 놀랍다는 듯 되물었다.

"남원의 조경남이 쓴 『난중잡록』이 있소. 그 책에서 이르기를 인조 15년에 요괴가 출몰했다 하고, 그 모양이 팽나무에 걸렸다는 그것과 같소. 거기서 나온 것이 까치였다 하는데, 그 까치는 같은 책에 기록된 훼훼귀와 분명 관련이 있어 보였으니 내 추측으로 물은 것이오. 그 입이 과연 부리 모양이었다 하니 내 생각이 맞지 않았소?"

"영특하십니다, 영특하세요."

"과찬이오. 우연히 기억이 들어맞았을 뿐이지요."

"겸손하십니다. 기억은 둘째 쳐도 식견 역시 대단하십니다."

"하하, 저희 선대가 실록청 기사관을 지내셨지요. 그분을 닮았는지 모으고 읽는 걸 좋아할 따름입니다."

둘은 그렇게 턱없는 칭찬과 겸손을 주고받더니 나중에는 아호와 법명까지 주고받았다.

"저는 죽산에 사는 지호라고 합니다."

"아, 지호 선비. 저희 선친은 칠랍이셨고, 저는 구랍이라는 법명을 씁니다."

"오, 훼훼귀 잡는 구랍 법사!"

훼훼귀 잡는 구랍 법사, 그 뒤로도 그 말은 꽤나 이름을 떨쳤다. 장터를 걷다 보면 법사님을 알아보는 사람이 있을 정도였다. 하지만 그뿐이었다. 귀신 잡는 구랍 법사나 앞일 아는 구랍 법사라면 좋았겠지만 훼훼귀 잡는 구랍 법사는 별 쓸모가 없었다. 가끔 이야기를 좋아하는 사람들이 찾아와 요괴 이야기를 듣고 싶어 할 뿐이었다.

어둑서니, 불가살이, 두두리, 강철이, 오두귀, 창귀, 호귀, 면귀…… . 법사님은 이야기가 술술이었다. 그걸로 모자라 나에게까지 요괴 공부를 시켰다. 우리는 요괴 퇴치를 주업으로 한다는 주장이었다. 게다가 법사님은 염력을 수련한다며 열심이었다. 눈에 보이지 않는 귀신을 쫓는 게 독경이라면 눈에 보이는 요괴는 염력으로 날려 버려야 한다는 설명이었다. 요괴가 없듯 염력이라고 있을 리 없었다.

"요괴가 있으니까 당연히 염력도 있지. 게다가 내가 맨날 보여 줘도 안 믿으면 넌 대체 뭘 믿을래? 믿음이 중요하다니까, 믿음!"

하지만 같은 이유로 법사님은 염력을 자신했다. 요괴가 있으니 염력도 가능하다는 논리였다. 또한 법사님의 주장대로라면 법사 님은 이미 요괴도 잡아 봤고 염력에도 능통했다. 그런 법사님 앞 에 드디어 이상한 사건이 나타났으니,

"그자는…… 아니, 그 요괴는 분명 철골귀요!"

법사님의 주장이 간절하면서도 단호했던 것이다.

"조카를 납치했다는 그것은 철골귀입니다. 물론 내가 두 눈으로 확인해 봐야겠지만 요괴인 것은 확실합니다."

선비를 앞에 둔 법사님은 턱없는 소리를 멈추지 않았다. 비웃음 을 남기고 손님이 나가 버릴까, 나는 내내 조마조마했다. 그런데 웬 일인지 선비는 가만히 듣고만 있었다. 그러다가 고개를 끄덕이기 까지 했다.

"사실 내가 법사를 찾은 이유도 그 때문이요."

선비는 윗대의 명성이 아니라 요괴 잡는 구랍 법사의 소문을 듣 고 왔다고 했다.

"지호를 아시지요?"

"암요, 알다마다요!"

법사님은 듣자마자 지호 선비를 기억해 냈다. 훼훼귀 잡는 구랍 법사, 별명을 지어 준 그 선비였다.

"그 친구에게 법사님 이야기를 들었습니다."

"잘 오셨습니다. 잘 오셨어요."

법사님은 감격한 얼굴이었다.

"나는 결코 귀신을 믿지 않습니다. 요괴라고 다르겠소? 한데 내가 직접 본 그것은 설명이 되지 않으니······."

말끝을 흐린 선비는 두툼한 종이 뭉치를 법사님에게 건넸다. 자기가 겪은 그동안의 사정을 적은 글이라고 했다.

둘 중에 진짜 사람

순조 5년, 봄의 일이다. 지호의 권유로 기록을 남긴다. 거짓이라
는 비난도 각오할 만큼 신기한 일이며, 그 비난을 알면서도 기록
할 만큼 기이한 일이다.

지호는 할아버지가 당상관에 올랐을 만큼 이름난 집안의 자제
지만 스스로는 세종 때 사관을 지낸 선대를 가장 자랑스러워하는
친구다. 그래서인지 그 역시 기록과 글을 나누는 일을 좋아했다.
그날도 그에게 보낼 편지를 쓰던 중이었는데, 문밖에서 종복이 기
척을 알려 왔다. 형수님이 나를 찾는다는 전갈이었다. 어린 시절부
터 나를 돌본 형수님은 나에게는 어머니와 같은 분이다.

"찾으셨어요?"

안채의 마당에 서서 말을 내자 형수님이 방문을 열었다. 대나무 발 너머로도 듬성한 흰머리가 눈에 들어왔다. 형수님은 한동안 조용했다. 나는 형님 문제라고 짐작했다.

배려가 깊고 정을 아는 좋은 형님이었지만 좋은 남편은 아니었다. 집에 들지 않는 날이 많은 형님은 자주 바깥에서 머물렀다. 아마 조카 때문이었을 것이다.

몇 해 전, 어렵게 얻은 여자 조카는 집안의 커다란 복이었다. 형님은 내내 웃었고 드나드는 축하객이 끊이지 않았다. 우울하지 않던 좋은 시절이었다. 하지만 시절이라고 해도 될는지 그 기쁨은 채 몇 달을 가지 못했다. 조카는 몸을 뒤척이지도 않았고 웃지도 않았다. 울음마저 감정이 없어 마치 속이 텅 빈 것 같았다.

본래 그렇게 태어났는지 도중에 그것을 얻었는지는 알지 못한다. 찬 바람이 들어 기혈이 막혔는지, 귀신이 들어 세상에 눈을 감았는지도 알지 못한다. 누구는 심한 병이라고 했고, 누구는 넋이 먹혔다고 했다. 하지만 살날이 많지 않다는 말은 모두가 같았다. 맥을 짚는 의원마다 돌을 넘기지 못한다고 했다.

그러나 다행히 조카는 돌을 넘기고, 두 해를 바라보았다. 틀린 의원이 있으니 맞는 의원도 있지 않을까? 형님과 형수님은 치료할 수 있다는 말을 듣기 위해 백방으로 수소문을 했다. 하지만 결과는 다르지 않았다.

사실을 인정해야 했다. 조카는 본능은 있었지만 의견이 없었고, 마음은 있었지만 분별이 없었다. 울고 웃기는 했지만 유모의 젖마저 제 입으로 빨지 못했으니 증세 중에서도 무거운 증세였다. 겉모습은 흠 없이 완전했으나 속은 텅 빈 것과 같았다. 이를 나 다음으로는 형님이 수긍했고 한참 뒤에야 형수님도 현실을 받아들였다. 형님은 그 무렵부터 집에 들지 않았다.

"제 부덕인데 원망이 가당하나요."

형수님의 모습은 안쓰러웠다. 형님보다는 조카 때문이었을 것이다. 조카를 바라보는 형수님의 눈에는 항상 눈물이 가득했다.

물론 형수님이 노력을 멈추지는 않았다. 이름 높은 의원을 불러 사랑채를 내주는 일이 자주 있었고, 어렵게 서양의 약제를 구하기도 했다. 나중에는 부적과 비방도 곁에 두었는데, 죽산의 무당, 판수는 형수님이 먹여 살린다는 말이 공공연할 정도였다.

나에게까지 들린 그 소문을 형님이 몰랐을 리 없다. 하지만 형님은 신경 쓰지 않는 듯했다. 아마 희망 때문이었을 것이다. 형수님이 가진 것과 같은 종류의 희망 말이다.

사람의 병이 귀신 때문일 리 없으니 당연히 헛된 희망이었다. 여러 가지 말로 형수님을 설득했지만 그럴수록 서로는 서먹했다. 형수님 역시 그 노력을 굳이 나에게 상의하지 않았다.

2년 전 봄날, 형수님이 꺼낸 그 말은 그래서 조금 뜻밖이었다.

"도련님, 혹시 알 만한 거간꾼이 있습니까?"

형수님은 돼지가 필요하다고 했다. 꼽아 보니 제사는 아니었고 잔치의 이유도 없었다. 더구나 돼지를 사들이는 일이 나에게 가당할 리 없었다. 그렇다면 굿 때문이었다.

"양이 많으면 여러 곳의 고깃간을 들르면 되지 않을까요?"

나는 기어코 이유를 따져 묻는 대신 적당한 방법을 권했다.

"그게……."

형수님은 얼마 동안을 망설이고 나서야 나머지 말을 냈다.

"막 태어난 돼지가 필요해서요."

새끼 돼지를 사용한다니 참 고약스러웠다. 하지만 나는 그 마음도 내보이지 않았다.

"마침 늦막이네 돼지가 새끼를 뱄다니 거기에 가 보겠습니다."

"몇 마리나 될까요?"

"글쎄요. 듣기로는 한 번에 열 마리도 낳는다는데……."

"부족합니다."

열 마리를 훌쩍 넘긴 사십여 마리가 필요하다고 했다. 게다가 전부 암컷이어야 한다고 했다. 그 암컷이 자라 새끼를 배어야 한다고 했다. 대체 무엇을 하려는 것일까? 고약한 일을 넘어 끔찍한 일이었다.

"미신입니다. 사악한 속임수예요! 왜 모르십니까?"

결국 나는 목소리를 높였고 형수님은 지그시 고개를 숙였다. 나에게 죄를 짓는 일은 아니었다. 그래서 형수님의 그 모습에 내가 죄를 짓는 기분이었다.

나는 형수님에게 이런 방법을 알려 준 무당을 직접 만나 보겠다고 했다. 그런데 그자는 무당이 아니라고 했다. 의원도 아니어서 형수님도 직업을 짐작할 뿐이라는 내용이었다.

"광산 일을 하지 않을까……."

"광산이요?"

"네. 확실치는 않습니다. 광산을 꾸리려면 돈이 꽤 필요하다고……."

무당도 아니고 의원도 아니다. 그렇다면 여느 사이비가 그렇듯 법사니 술사니 하는 망령스러운 이름으로 지내는 자라고 짐작했다. 그러니까 이름만 달리한 무당이라고 말이다. 하지만 광산 일을 한다니 짐작과는 한참 동떨어졌다.

사실 별 상관 없는 일이었다. 그들이 무엇을 직업으로 내세우든 돈을 원한다는 사실은 다르지 않았다.

"그럼 얼마를 약속하셨습니까?"

물음에 형수님은 딴청을 부리듯 말끝을 흐렸다. 비록 나의 참견을 힘겨워하는 형수님이지만 금전에 관련한 일은 솔직한 편이었다. 당신이 아닌 조카를 위한 쓸씀이라는 걸 알리고 싶어서였을 것이다. 하지만 다시 묻는 말에도 형수는 고개를 숙일 뿐이었다. 어쩌면 나의 짐작보다 더 큰 액수일지 모른다는 생각이 들었다. 그렇더라도 돈은 작은 일이었다. 더 큰 일은 형수님이 나중에 맞을 실망과 절망이었다.

"괜한 희망이 걱정스럽습니다. 제가 한번 그자를 만나 보지요."

나의 말에 형수님은 곤혹스러운 표정이었다. 말을 전하겠지만 약속을 할 수는 없다고 했다. 좀처럼 사람 만나기를 꺼리는 자라는 설명이었다. 몸을 사리는 그 모습이 여느 사기꾼과 다르지 않았다.

"무당도 의원도 아니라면서요. 게다가 돼지요? 대체 그자의 무엇을 믿으십니까?"

나의 말에 형수님 역시 지지 않았다.

"뭘 염려하는지 압니다. 하지만 이번에는 달라요."

항상 같은 말이었다.

"저는 그자가 꼽추의 허리를 고치는 것을 보았습니다. 펴기 전 모습과 편 후의 모습을 직접 보았어요."

그리고 그 믿음의 이유 역시 이전과 같았다. 소문난 사이비치고 기적이 따라다니지 않는 이가 없었다.

"미리 수작을 부렸겠지요. 그런 수작이야말로 그런 자들의 업이 아닙니까? 또한 백문보다는 일견이라고 해도 앞과 뒤를 함께 보지 못한다면 차라리 보지 않느니만 못합니다. 보았다고 어찌⋯⋯."

나는 답답한 마음을 길게 내어놓다가 문득 입을 다물었다. 형수님의 기색이 간절했고 그 간절함을 거스를 수 없었기 때문이다. 결국 나는 돼지를 구해 보겠다고 약속했다.

그 많은 돼지를 구할 방법이 딱히 있지는 않았다. 늦막이를 찾아가 조언을 구하는 일이 나의 최선이었다.

"힘들 텐데요."

늦막이는 성 밖에서 농사를 짓는 종이었는데, 일손이 야무지고 수단이 좋다는 칭찬이 많았다. 그런 그도 별 고민 없이 결론을 냈다.

"그냥 사십 마리도 힘들 텐데 새끼들은⋯⋯. 거기다 암컷이요? 대체 무슨 수로요?"

경성까지 올라가 수소문하더라도 힘든 일이라고 했다. 대신 늦막이는 새끼를 밴 암컷들을 사 모으면 어떠냐고 했다. 단번에 사십 마리는 안 되겠지만 더 쉽고 가능한 방법이라는 말도 덧붙였다.

그 의견이 적당했다. 나는 사례를 약속하고 늦막이에게 그 일을 맡겼다.

"괜한 말이 들려오면 내 심기가 편치만은 않을 테야."

입단속도 잊지 않았다. 사악한 술법을 금하는 나라의 규율과 형수님의 조심스러운 태도를 생각하자면 당연했다. 또한 스스로를 위한 일이기도 했다. 체면이라면 체면이었고 위신이라면 위신이었다.

　그 체면과 위신을 지키느라 사이비를 수소문하는 일에도 힘을 쏟지 못했다. 형수님에게 그자와 만나고 싶은 마음을 여러 번 내비치기는 했는데 커다란 강요는 아니었다. 이야기를 꺼낼 때마다 형수님의 곤란함이 흘러 들어왔다. 다른 방법은 없었으니 나는 마음이 달 뿐이었다.

　그날, 광산업자의 종복을 미행한 이유는 아마 그 때문이었을 것이다. 새끼 대신 임신한 어미들도 괜찮다는 허락을 받고, 출산 시기가 비슷한 돼지들을 구하는 데 한 달 정도가 걸렸다. 물론 내가 그자를 직접 만나지는 못해 형수님이 수고스러웠다. 그자의 종복이 돼지를 가져간다는 말도 형수님에게 들었다.

　그 전언을 들은 날의 새벽이었다. 늦막이가 찾아와 그의 집에 갔더니 마당 한편에 낯선 자가 서 있었다. 무당의 종복이었다. 새벽의 어둠 때문에 그자의 생김새가 자세하지는 않았다. 더 가까이 다가가려는데 늦막이가 흠칫 놀라며 나의 도포 자락을 잡았다.

　나는 오류의 도리에 밝은 사대부지만 반상의 구분에는 엄격하지 않다고 자신한다. 그렇지만 늦막이의 그 행동은 분명 무례한 짓이었다. 늦막이도 그것을 깨달았는지 얼른 허리를 굽실했다. 그러고는 속삭였다.

　"문둥이예요."

그러고 보니 그 종복의 행색이 심상치 않았다. 역관 출신인 이언진이 쓰길 모포를 뒤집어쓰고 다니는 오랑캐의 나라가 있다고 했다. 마치 그 나라 사람의 모습인 듯했다. 넉넉한 옷으로 손과 발을 가린 것은 그렇다 하더라도 얼굴까지 꽁꽁 동여매서 틈이라고는 두 눈뿐이었다.

"오늘내일하는 놈입니다. 저 눈을 보십시오."

늦막이가 속삭였다.

호롱불 너머 보이는 그자의 한쪽 눈이 과연 퀭하니 어두웠다. 나병의 기운이 제 눈까지 닿았다면 증상이 이미 무르익은 상태였다. 그 병세가 형수와 조카에게까지 닿을까 걱정되어 나는 그자의 행색을 따져 물었다.

"병이 아닙니다."

그자는 병이 아니라고 했다. 옻나무가 독을 옮기듯 무언가를 잘못 만져 그리되었고, 그 몰골이 흉측해 옷을 방편 삼았다고 했다. 여러 가지 방법으로 캐물었지만 그때마다 그자의 대답이 그럴듯했다. 만약 나병이라도 그것은 전염을 걱정할 병이 아니라는 말도 했다. 목소리는 나지막했지만 또렷했고 능변이었다.

그렇게 조목조목 답하던 그가 주인 이야기에는 입을 다물었다. 늦막이까지 나서며 을러댔지만 그의 태도는 바뀌지 않았다.

"앞장서거라. 늦막이와 나도 따라갈 테니."

그 고집을 확인한 나는 그자에게 앞장서라고 말했다. 가축을 부리는 일이 능숙하더라도 한 번에 열 마리가 넘는 돼지는 힘겨울 터였다. 그런 적당한 이유로 그자를 따라갈 생각이었는데 그는 끝내 도움을 마다했다. 하루에 서너 마리씩 나누어 옮긴다는 핑계를 대면서였다.

그날은 그렇게 그자를 돌려보냈지만 나의 결심은 여전했다. 며칠 뒤, 나는 그자의 뒤를 몰래 밟았다.

미행이 그리 어렵지는 않았다. 사람이 아닌 돼지 소리를 따라갔기에 가까이 다가갈 필요는 없었다. 오히려 돼지의 소란스러움이 다른 사람들의 주의를 끌지는 않을까 걱정스러울 정도였다.

그자 역시 조심스러워하며 마을을 가로지르지 않았다. 언덕을 넘었고 나무가 듬성한 숲을 지나기도 했다. 그렇게 한참 만에 다시 길이 나왔는데 여느 평범한 마을은 아니었다. 길인데도 자꾸 잡초가 채였고, 주변의 흙담은 허물어져 온전한 모양이 없었다. 그제야 나는 그곳이 '화접골'이라는 생각이 들었다.

듣기로는 규모 있는 마을이었다는데 지금은 사람이 살지 않아 그 이름만 남은 곳이었다. 병정의 난을 겪으며 크게 기울었고, 뒤로도 몇 번이나 역병이 돌았다고 한다. 그러고 보니 개 짖는 소리도 사라져 "어흐, 어흐!" 돼지를 단속하는 그자의 목소리가 유난스러웠다.

그자는 그곳에서도 한참을 걷다가 어느 숲 앞에서 걸음을 멈췄다. 굵은 소나무가 빼곡해서 좀처럼 보기 힘든 규모의 숲이었다. 그 사이로 언뜻 기다란 담이 보였다. 뒤이어 담장만큼이나 높고 단단한 대문이 눈에 들어왔고 그자는 그 안으로 사라졌다.

한참을 망설이던 나는 결국 문을 두드리지 않았다. 늦막이에게 알리지도, 사람들을 동원하지도 않았다. 형수님 때문만은 아니었다. 사람들의 뒷말이 무서워서였다. 그래서 나의 노력은 지호를 찾아가 슬쩍 화접골 소식을 묻는 일뿐이었다.

다음 날 아침 일찍, 나는 지호를 찾았다. 지호는 서책부터 기담까지, 관심이 넓은 만큼 여러 소문에도 밝은 친구였다.

"화접골? 요즘은 화석골이라고 부르는 걸 아는가?"

꽃(花)과 나비(蝶)가 많아 화접골이었던 그곳이 언제부터인가 화석골로 통한다고 했다.

"거기에 사람이 살지 않으니 바깥 사람들이 부르는 대로 따르는 게 아니겠나."

그런데 그 이유가 흥미로웠다. 불 화(火)에 돌 석(石), 마을에서 불타오르는 돌을 보았다는 사람이 여럿이라고 했다. 그곳으로 나무를 하러 갔던 사람들이 말을 전해 화석골이 되었다는 설명이었다.

"이제는 거기에 나무를 하러 가는 사람도 없다네. 누군들 조심하지 않겠는가."

또 다른 기이한 이야기를 찾았는가 싶어 헛웃음이 나왔지만, 지호는 사실인데 어쩌겠냐며 눈빛을 밝혔다.

"활활 타오른 불은 정월 쥐불보다 거셌고, 그 불에 휩싸인 돌은 절에 있는 범종보다 컸다고 하네. 또 누구는 황소보다 컸다고도 하고……. 게다가 그 불덩이가 휘휘 하늘로 날아올랐다는 거야."

"에이, 실없긴. 가당한 말을 해야지."

"왜 나한테 그러나? 나라고 어디 그 말을 믿겠는가? 그저 연유가 그렇다는 말이지. 그리고 본래 백성이란 미혹(迷惑)에 흥이 동하는 법이니까."

형수님이 떠오른 나는 괜히 뜨끔했다.

"하나 우리 역시 임금님 아래 백성이 아닌가?"

지호는 이야기를 계속 이었다.

"나도 그것을 고스란히 믿지는 않아. 그래도 모든 것에는 바탕이 있는 법이네. 그 바탕을 쫓다 보면 언젠가는 고개를 끄덕이게 되고 말이야. 또한 갸웃하는 여지가 남기도 하는데 그것이 바로 미혹인 셈이지."

"그럼 그 돌덩이의 연유는 무엇인가? 나는 도깨비와 씨름을 했다는 사내를 만난 일이 있네. 그자 옆에는 커다란 말뚝과 빈 술병들이 있었지. 그렇다면 도깨비의 연유는 말뚝인가, 술병인가?"

나는 우스개로 나의 마음을 대신했다.

"하하, 이상한 일이긴 하지. 하지만 그 얘기가 마냥 처음은 아니라네."

자리에서 일어난 지호가 다락에서 보따리 하나를 꺼냈다. 질이 좋은 명주 보자기였는데, 그것으로는 부족했는지 안의 내용물을 기름종이가 단단히 싸고 있었다. 그것마저 풀자 글이 빼곡한 종이 뭉치가 드러났다. 그 종이들은 크기가 제각각이었고 들어찬 글자들도 가지런하지 않아 마치 휘갈겨 쓴 편지글 같았다. 또는 먹으로 지운 흔적이 흔해 시구를 연습한 종이 같기도 했다.

"한림을 지내셨던 우리 선대는 알지?"

그 선대가 왕의 말을 옮기는 예문관 한림은 물론이고 왕의 행실을 기록하는 실록청 기사관을 거쳤다는 자랑이 벌써 여러 번이었다. 그 종이 뭉치들은 선대가 왕조실록을 정리하기 전, 내용을 간추린 것들이라고 했다.

"정초본(正草本)은커녕 초고도 못 되지만 분명 실록에 실린 것들이네."

"그것을 보기라도 했고?"

보았을 리 없었다. 괜한 농을 걸었는데 지호는 여느 때와 다르게 진지했다.

"분명 본 적은 없지. 하지만 그 형식과 앞뒤를 따지면 틀림이 없네."

그의 선대는 실록청에서 간추린 내용을 집에까지 가져와 정리하는 일이 자주였다고 한다. 집에서도 글자를 빼고 문장을 다듬었는데 그 흔적들이 대대로 전해 온다는 설명이었다

지호는 종이들 중에서 한 장을 추려 나에게 내밀었다.

太宗十一年 一月 己丑
鏡城山石自燒 長二十尺 火氣腥膻 人不敢近

태종 11년 1월 28일
경성 산에서 돌이 스스로 불을 냈는데, 길이는 스무 척이었다. 불기운에 노린내와 비린내가 있어서 사람이 감히 가까이 가지 못했다.

신기한 일이었다. 더구나 화접골, 그러니까 화석골에서 벌어졌다는 일과 비슷했다. 하지만 쉽게 믿음은 가지 않았다.

"스무 척이면 커다란 집채만 하지 않은가? 그만한 돌덩이가 있으려나? 있다 해도 거기에 불이 붙어?"

"스무 척 길이가 돌덩이를 말하는지 불길을 말하는지 어찌 알겠는가? 뭐, 기이하긴 매한가지지만……."

"누가 바위에 기름을 바르지 않았을까?"

"스스로 불을 냈다지 않나? 그리고 그 많은 기름을 어디서 구해?

냄새는?"

"그럼 유황석은 어떤가?"

"스무 척이면 너른 집 마당의 길이네. 그만한 유황석이 있으려고? 있더라도 나라에 바쳐 큰돈을 벌고 말지."

"왜란 전이니 그 가치를 모를 일이지."

"화포에는 화약을 쓰지 않는다던가? 약방에 팔아도 되고…….
거기다 일전에 유황석 한 덩이를 직접 만져 본 적이 있네. 호기심에 불을 댕겼는데 전혀 붙지 않았네."

지호의 말이 이치에 맞았다.

"그럼 대체 뭐려나? 또 그것들은 대체 어디로 사라졌단 말인가?
경성이야 옛일이라 해도 화석골은?"

"글쎄……. 다 타서 재가 됐으려나?"

대답이 궁색했던지 지호는 우스개를 했다.

"아니면 하늘로 솟았겠지. 땅으로 꺼졌거나 말이야."

나 역시 우스개를 해 우리는 크게 웃었다.

"그럼 화석골에 사람이 살지 않는 이유를 아는가?"

그런데 화석골에 얽힌 이야기는 그뿐만이 아니었다.

"무신년에 크게 기울었고 역병이 몇 번이나 돌았다고 하더군.
우리 어릴 적부터 빈 마을 아니었는가?"

"그거 말고도 이유가 있다네."

그 이유란 하늘을 나는 불덩이만큼이나 황당한 내용이었다. 지호의 말을 믿자면 화석골은 커다란 바위가 저절로 불을 내는 곳이었고, 발만 디뎌도 병이 드는 곳이었으며, 짐승이 자기를 닮은 요물을 낳는 곳이었다.

"눈이 넷이었고 꼬리는 없었다네. 강아지가 아니라 강아지 모양 요물인 셈이지. 그 모양이 어찌나 흉측했던지 아주 난리가 아니었다네."

"차라리 꼽추가 허리를 폈다는 말을 믿고 말지."

형수님의 일을 염두에 두었는지는 잘 모르겠다. 딱히 의도를 품고 꺼낸 말은 아니었는데,

"자네 말 한번 잘했네."

지호의 표정이 자신만만했다.

"요물은 못 봤어도 허리 편 꼽추는 보았거든."

귀가 번쩍하는 듯했다.

"원, 농담도……."

그런데도 나는 짐짓 심드렁했다.

"농담이 아니야. 벌써 소문이 파다하다네."

"소문이야 늘 그렇지 않은가?"

"그건 그렇지. 근데 그 꼽추를 나도 직접 보았다니까. 가서 듣고 확인했단 말일세."

나는 얼른 그 꼽추의 이름과 사는 곳을 물었다. 형수님에 관한 이야기는 하지 않고 호기심을 가장한 질문이었다.

그자는 강천골에 살고 있다고 했다. 돌싸움이 유명해서 나 역시 대보름에 구경하러 간 적이 있는 곳이었다. 마음 같아서는 한걸음에 그곳으로 향하고 싶었지만 당장 다녀오기에는 먼 거리였다. 피곤을 핑계로 집에 돌아온 나는 다음 날 아침 일찍 집을 나섰다.

두 개의 산을 넘고 또 하나의 산을 반쯤 올라서야 강천골이 나타났다. 들은 좁았고 배경 삼은 산은 높았다. 낯선 산촌의 모습이었는데 밭에서 일하는 농부만이 그나마 익숙한 풍경이었다. 지호가 전하길 허리를 고쳤다는 자의 이름이 탄채라고 했다. 나는 농부에게 길을 물었다.

"아, 탄채요? 저기 저 집 보이시죠? 그 집 바로 넘어 큰 나무가 있는데요. 거기서 우물이 보이는 쪽으로 세 번째 집입니다."

농부의 설명이 능숙했다. 그리고 나를 바라보는 눈빛에는 별다른 호기심이 없었다.

"점이라도 치는가?"

"예?"

"내 물음을 알고 대답을 준비해 놨나 이 말이야."

"아이고, 아닙니다. 아니에요."

나의 말을 우스개로 여기지 못했는지 농부는 당황해했다.

"요즘 그 집 찾는 사람이 한둘이어야지요. 거기다 바로 옆이 저희 집입니다."

나와 같은 사람이 여럿이라고 했다. 그때마다 일러 주다 보니 그 일이 능숙하다는 설명이었다. 나를 그런 호사객들과 같은 취급인 것이 조금 언짢았으나 꾸짖지는 않았다.

"그럼 그 일이 사실인가?"

"탄채요? 암요!"

농부의 말은 지호와 같았다.

그가 알려 준 대로 찾아가자 과연 초가가 있었다. 초라한 집이었지만 마당의 평상은 단단해 보였다. 그곳에 앉은 중년 사내는 대나무를 자르고 있었다.

"흐흠!"

기척을 내자 힐끔 나를 살핀 그가 주섬주섬 무언가를 챙겼다. 평상에 비스듬히 걸쳐 있던 지팡이였다.

그의 느릿한 걸음은 활기가 없었다. 잔뜩 웅크린 걸음으로 다가온 그는 지팡이를 짚은 채 나를 올려다보았다. 꼽추라고 하기에는 등이 솟지 않았으나 굽은 허리는 분명했다. 이자가 혹시 탄채가 아닐까? 확인하고 싶었지만 농부에게 호사객 취급을 받았던 일이 떠올라 쉽게 묻지 못했다.

"혹시 저 때문에 오셨습니까?"

나의 마음을 짐작이라도 했는지 그가 먼저 입을 열었다.

"탄채라는 사람을 찾아왔네만……."

"제가 탄채입니다."

허허, 그럼 그렇지. 그는 허리가 굽어 있어 분명 건강한 몸이 아니었다. 괜한 말을 믿었던 스스로가 우스웠다.

"무슨 일로 저를 찾으십니까?"

"아니네. 이제 됐으니 마저 일 보게나."

어리석음을 후회하며 인사를 남겼는데 문득 소문의 이유가 궁금했다.

"이보게!"

그를 부르자 구부정한 걸음으로 그자는 다시 나에게 다가왔다.

"자네에게 따라다니는 소문은 알고 있는가?"

나의 물음에 그는 별 대답이 없었다. 대답을 재촉하려는데 그는 힘을 쓰려는 사람이 그렇듯 가벼운 심호흡을 했다. 그리고 들숨과 함께 나의 배꼽쯤에 있던 그의 얼굴이 불쑥 솟아올랐다. 나를 마주한 두 눈은 무덤덤했지만 체념이 담긴 것처럼 보이기도 했다. 나는 놀라기보다는 당황스러웠다.

그 마음을 추스르기도 전에 그가 다시 허리를 접었다. 그때의 표정은 목적을 이루었으니 이만 돌아가라고 말하고 있었다. 그러나 그럴 수는 없었다. 무색함을 무릅쓴 나는 그자의 앞과 뒤를 따져 물었다.

"본래는 꼽추였는가?"

그가 고개를 끄덕였다.

소문이 사실이었다. 날 때부터 등이 솟은 꼽추는 아니었고 나중에 허리를 다쳤다고 했다. 그러다가 인연이 닿아 허리를 고쳤다는 설명이었다.

"어떤 인연인가? 어떤 사람이었어?"

곧잘 대답을 하던 그가 그 물음에는 입을 다물었다. 쌀 한 섬을 약속하며 구슬려도 보았고 목소리에 힘을 실어 을러도 보았지만 그의 태도는 한결같았다.

"화석골의 그자인가?"

그 말에 흠칫하기는 했지만 대답은 없었다.

"어르신, 한 번만 살펴 주십시오. 저 같은 아랫것도 신의란 게 있습니다."

은인과의 약속을 어찌 저버리겠느냐는 그의 말이 틀리지 않았다.

"마음이 바뀌거든 찾아오게. 쌀 약속은 잊지 않을 테니."

나는 발걸음을 돌릴 수밖에 없었다.

돌아가는 길에는 여러 가지 의문이 들었고 그 의문들을 풀기가 힘들었다. 그러나 답 없는 질문들은 아니었다. 얇은 상처는 금방 아물고 깊은 상처는 늦게 아문다. 그렇듯 작은 병은 빨리 낫고 큰 병은 나중에 낫는다. 마침 시기가 맞아 허리 병이 치료될 무렵에 광산업자를 만났을 것이다. 그렇다면 운이 좋은 사람은 그 촌부가 아니라 광산업자일 터였다.

그날 이후, 나는 여러 날 동안 형수님 일을 신경 쓰지 않았다. 딱히 할 수 있는 일도, 하고 싶은 일도 없어서였다. 책을 읽고 가끔 지호를 방문하는 생활이 이전과 크게 다르지 않았다. 하지만 그 평범함은 오래가지 않았는데, 아마 봄의 끝 무렵이었을 것이다.

어느 날 새벽, 안채에서 들려오는 조카의 울음이 시끄러웠다. 평소와 달리 길게 이어졌고 내내 드높았다. 안채에 함부로 들기가 궁색하여 근처를 서성였는데, 어느 아낙이 어둠을 비집으며 중문에서 나왔다. 얼굴을 맞댄 일은 없었지만 그이가 형수님에게 여러 무당을 소개했다는 사실은 알고 있었다.

나는 그이를 불러 세우는 대신 안채 마당으로 들어섰다.

무고하냐는 나의 인사에 방문 너머 형수님은 그렇다고 대답했다. 그러고는 별말이 없었다. 나는 기어코 마당에 머무르며 형수님의 다음 말을 기다렸다.

"숨기지 않겠습니다. 그러니 물어보세요."

한참 만에야 형수님이 입을 열었다.

"그 아낙은 왜 다녀갔습니까?"

"치료 때문에 내줘야 할 것이 있었습니다. 그것을 받아 갔습니다."

"무엇입니까?"

물음에 조금 망설이던 형수님은 약속처럼 솔직했다.

"머리카락입니다."

지푸라기 인형에 머리카락을 넣는 짓은 나 같은 사람도 아는 흔한 술법이었다. 그런데도 형수님은 조카의 치료 때문이라고 했다.

"좋습니다. 그렇다면 그것으로 어떻게 치료를 한다는 말입니까?"

나는 목소리가 올라갔고 형수님은 여전히 조용했다.

"둔갑을 합니다."

"허허!"

나는 헛웃음을 냈다.

광산업자는 둔갑술을 부린다고 했다. 돼지를 머리카락의 주인으로 바꾸는 둔갑술이었다. 그 황당한 말을 믿느냐고 묻자 형수님은 믿고 싶다고 말했다.

"그럼 똑같은 사람 둘이 생깁니다. 둘 중 누가 조카입니까?"

내 딴에는 둔갑술이란 것이 얼마나 헛된지 형수님 스스로 깨우칠 만한 질문이라고 생각했다. 그러나 아니었다.

형수님은 누가 조카인지 아닌지는 중요하지 않다고 했다. 둘 중 누가 사람인지 아닌지도 마찬가지라고 했다.

"저는 성공을 믿습니다. 그러니 그 뒤를 고민할 뿐입니다."

게다가 고민은 따로 있었다. 둔갑으로 두 아이가 생기면 둘 중

하나만 남기고 다른 하나는 광산업자에게 내주기로 한 약속을 형수님은 털어놓았다.

광산업자는 왜 아이를 원할까? 그자의 꿍꿍이가 짐작조차 힘들었다. 그리고 그런 약속을 한 형수님의 무심함에 울컥 화가 솟았다.

"정말 둔갑을 믿으세요?"

나는 화를 더는 감추지 않았다. 어쩌면 감추지 못했는지도 모른다. 체면을 돌보지 않은 나는 담 너머까지 들릴 만한 목소리로 형수님의 아둔함을 탓했다.

"아니, 그럴 게 아니라 저한테도 돼지와 머리카락을 주십시오. 사실 저도 둔갑술을 압니다. 저는 돼지 한 마리면 충분해요. 어때요, 솔깃하시지요? 왜요, 돼지가 없으세요? 그럼 뭐든 괜찮습니다. 저기 돌멩이도 괜찮아요. 아, 물론 돈은 좀 주셔야지요. 아니, 조금이 아니라 많이요!"

뒤로도 한참 동안 조롱했으며 상처를 입혔다. 형수님은 내내 조용했다. 방문에 가린 형수님의 얼굴을 살필 수는 없었지만 짐작은 할 수 있었다.

나를 돌봐 온 형수님은 어머니와 같은 분이다. 나는 어머니를 울린 자식처럼 말없이 고개를 숙였다. 다시 입을 연 사람은 형수님이었다.

"압니다. 하지만 저는 믿고 싶습니다. 아니, 믿습니다. 그 희망만이 저를 편안하게 하니까요."

가다듬은 목소리였다. 형수님은 비록 헛된 희망이라 하더라도 지금은 그 희망만이 삶의 이유라고 했다. 그러니 자신은 성공을 믿으며 성공 뒤의 일을 고민한다고 했다.

"둘 모두 보내지 않을 겁니다. 그래서 도움이 필요해요."

형수님이 나에게 사정을 감추지 않은 이유는 그 때문이었다.

"나는 둘 모두를 데려올 겁니다."

내가 광산업자를 제압하여 둘 모두를 지키는 일이 형수님의 바람이었다.

약속 장소와 날짜, 방법을 설명하는 형수님의 목소리가 내내 진지했다. 나는 그 진지함이 걱정스러웠지만 더는 대꾸하지 않았다.

"그럼 그러겠습니다."

약속 뒤에 방으로 돌아왔을 뿐이다.

그날을 기다리는 동안에는 항상 평온했다. 형님께 알릴까, 관원을 동원해 그자를 잡아들일까, 고민이 없지는 않았다. 하지만 필요 없는 일이었다. 들인 돈은 희망값으로 치면 그만이었고 괜한 창피를 살 필요도 없었다. 그리고 형수님 스스로가 미혹을 깨달아야 했다. 어설픈 눈속임이 걱정이었지, 그 결과가 빤한 둔갑은 차라리 다행이었다.

그렇게 스스로를 달래는 사이 그날은 금방 다가왔다. 1년 뒤 여름밤이었는데 몹시 더운 날이었다. 그런데도 형수님은 그 먼 길을 혼자서 조카를 들쳐 업었다. 도중까지는 내가 업어도 된다는 말에 잘 따라오라는 당부만 했다.

마을 구석에 자리한 상엿집이었다. 미리 다녀간 일이 있었는지 등불을 건네받은 형수님은 곧바로 그곳으로 들어갔다. 나는 근처에 몸을 숨겼다.

하필 구름이 달을 가린 날이어서 사방은 캄캄했다. 그래서 그곳으로 들어가는 사람은 보지 못했고, 누군가의 기척을 들었을 뿐이었다. 웃옷을 젖히며 바지춤 안, 단도를 슬쩍 쥐어 보았다. 뺄 들일은 없을 터였다.

'형수님을 달래고 그들을 꾸짖고……. 광산업자가 함께 오기는 한 걸까? 돌아가는 길에는 내가 조카를 업어야겠다.'

문 앞에 선 나는 온갖 생각을 하느라 망설이고 있었다. 괜한 부끄러움에 문을 벌컥 열었다.

그것에 놀랐는지 조카가 울음을 터트렸다. 시끄러운 울음이었다. 어쩌면 그 아이는 조카가 아니었는지도 모른다. 똑같은 모습을 한 둘이 그곳에 있었다. 형수가 보냈는지 둘은 옷마저 같았다. 두렁치마에 전복을 입은 아이의 울음을 따라 두렁치마에 전복을 입은 아이가 울음을 터트렸다. 둘은 하나의 목소리로 드높이 울었다.

속임수를 가려내야 한다, 아마 그런 다짐을 했던 것 같다. 무슨 말을 해야 하나, 그런 생각도 했던 것 같다.

한쪽 구석 등불 너머에 있던 광산업자의 종복이 그제야 눈에 들어왔다.

"네 이놈! 희롱의 대가는 알고 있느냐?"

어디를 가든 찾아낼 것이며, 부릴 수 있는 온 힘을 동원하여 보복하겠다고 소리쳤다. 높고 우렁찬 목소리를 내려고 했지만 가늘고 떨리는 목소리였다. 목소리를 더욱 높이는 일만이 나의 최선이었다.

"환술이든 편자희(騙子戲)든 어서 밝히지 못할까!"

모포에 가린 종복의 표정은 제대로 알 수 없었지만 무덤덤한 얼굴은 분명했다. 입을 열지 않아 목소리도 없었지만 그의 대답 역시 분명했다.

환술도 편자희도 아닙니다! 그저 약속의 결과입니다.

그자에게 다가간 나는 그 답을 깨부수려 사납게 칼을 치켜들었다. 온몸에 무기력증이 든 것은 그 무렵이었다.

무슨 일인지 나는 쏟아지는 물처럼 와르르 무너졌다. 그리고 그 다음에야 안개와도 비슷한 그 냄새를 깨달았다. 땅바닥에 박힌 고개는 들리지 않았다. 정신은 아득했고 눈은 흐릿했다. 아이들마저 고꾸라져 사방은 조용했다. 저벅저벅, 유난스러운 발소리를 내는 그자가 눈에 들어왔다. 발목을 덮을 만큼 긴 두루마기를 입고 있었다.

그자는 쓰러진 종복의 코에 작은 천 조각을 가져다 댔다. 정신을 차리는 듯 종복의 몸이 움찔댔다.

그자는 자기 몸을 온통 감췄다. 두루마기는 길었으며 각반으로 발목을 동여맸고 활잡이처럼 가죽 장갑을 꼈다. 그렇게 온몸을 감췄지만 손목만은 아니었다. 형수님에게 다가간 그자가 천 조각을 쥔 손을 아래로 뻗었다. 그러자 땅에 닿은 소맷단 사이로 그자의 팔목이 보였다. 파랗고 매끈하고 반짝이는 피부였다.

그자의 얼굴을 보려 했지만 여전히 고개는 들리지 않았다. 그런 조그마한 힘도 나지 않았다.

내가 정신을 차린 것은 한참 뒤였다고 한다.

"도련님, 도련님!"

형수님의 목소리가 먼저였다. 걱정을 품은 형수님의 얼굴이 다음이었고, 형수님의 품에 안긴 아이는 가장 나중이었다. 벌떡 일어난 나는 어느새 환해진 사방을 둘러보았다. 거기에는 아무도 없어서 나와 형수님과 형수님이 품은 하나의 아이뿐이었다.

사람은 엄마의 열매

"에이, 별로네."

글을 다 읽은 법사님은 그렇게 말했다.

물론 선비 앞에서 한 말은 아니고 선비가 나가자마자 한 말이었다. 이야기 중에 자기 이름이 나올 거라는 기대라도 한 모양이었다.

"글씨는 잘 쓰네. 그러면 뭐 해? 문장이 안 좋은데. 이야기는 더 별로고."

법사님은 영 못마땅한 표정이었다. 그러다가 곧바로 거만한 표정이 되었는데, 나는 그 표정을 탓하지 않았다. 선비는 요괴를 물리치거나 조카를 찾아오면 사례를 한다고 했다. 무려 쌀이 아홉 섬이었다. 괜한 약속은 아니어서 선금까지 주고 갔다.

선금만으로도 한 달 벌이는 충분히 넘었다. 쌀 아홉 섬까지 치면 가늠하기도 힘든 큰돈이었다. 법사님은 그 정도면 목숨까지는 아니더라도 목숨 비슷한 것 정도는 충분히 내놓을 만하다는 소리까지 했다. 더구나 훼훼귀 잡는 구랍 법사에게 그깟 철골귀는 아무것도 아니었다.

법사님은 큰소리를 땅땅 쳤고 나는 말마다 맞장구를 쳤다. 그렇게 시시덕대느라 우리는 밤늦게야 잠들었다. 그런데도 새벽같이 일어났는데 그만큼 의욕이 가득해서였다. 법사님은 아홉 마디짜리 대나무 지팡이를 들었고, 나는 일곱 켤레의 짚신을 어깨에 걸쳤다.

"무겁지?"

생전 없던 일로 법사님이 내 짐을 들어 주기까지 했다. 아니에요, 하면서 나는 하하 웃었다. 하지만 법사님의 배려나 나의 웃음은 딱 거기까지였다. 그러니까 딱 화석골에 닿을 때까지였다.

들은 대로 화석골은 꽤 먼 거리였고, 그곳에 있는 광산업자의 집은 커다랗고 은밀했다. 그런데 그뿐이었다. 높은 담장과 넓은 집터와 가득한 잡초를 빼면 밥그릇 하나, 천 조각 하나 없는 그냥 빈집이었다.

집에서 뭐라도 찾을 거라는 막연한 기대가 있었다. 그것이 꺾이자 몇십 리 길의 피곤함이 한꺼번에 들어왔다. 가득했던 의욕을

쫓아내면서였다. 괜히 주변을 서성인 우리는 터벅터벅 주막으로
향할 수밖에 없었다.

주막에 닿자 나는 다시 의욕이 들어차는 기분이었다. 손님은 우
리뿐이어서 주막의 넓은 봉놋방이 전부 우리 차지였다.

"아이고, 좋다!"

처음으로 누워 보는 봉놋방이었다. 꼭 놀러라도 온 것처럼 기분
이 들떴는데 단점 역시 없지는 않았다. 소득이 없는 탓에 여전히
뾰로통한 법사님은 괜한 심통이 난 게 분명했다.

"뭐 해? 연습하자."

법사님은 주섬주섬 봇짐을 펼치더니 거기에서 염주 알 하나를
꺼냈다. 돌로 만들어 시커멓게 반짝이는 커다란 염주 알이었다.

"뭐 연습이요?"

"뭐긴 뭐야? 염력이지."

염력. 그것은 말 그대로 생각만으로 물건을 움직이는 힘을 말했
다. 그러니까 그냥 거짓말이었다. 그 거짓말을 진짜 믿는 건지, 아
니면 믿고 싶은 건지 법사님은 항상 진지했다.

대체 무슨 수로 염력을 하느냐고 물은 적이 있었다. 그때도 법사
님은 언제나처럼 그럴듯한 설명을 갖다 붙였다.

"이기론 알아, 이기론? 우리 막둥이, 당연히 모르지. 이 세상 우
리가 보고 만지고 느끼는 모든 만물은 이(理)와 기(氣)로 이루어졌

거든. 그중에 기는 모든 것을 있게 하고 움직이게 하는 힘을 말해. 그럼 이는 뭐냐! 기가 작동하는 원리다 이거야."

알 듯 말 듯, 이해 가지 않는 말이었는데 법사님이라고 다를 리 없었다. 그런데도 법사님은 그것의 예를 들기까지 했다.

"물은 위에서 아래로 떨어지지? 바로 기가 그렇게 만드니까. 그럼 왜 기는 그렇게 만드는 걸까? 바로 이가 그렇게 하라고 시키니까."

이를 움직여 기를 조작하면 물을 옆으로도, 위로도 흐르게 할 수 있다는 주장이었다. 나아가 물의 흐름뿐만 아니라 세상 모든 이치를 바꿀 수 있다고도 했다.

"근데 내 그릇이 그 정도로 크지는 못해. 에이, 내가 그 정도는 아니거든. 염력도 겨우 하는데, 뭐."

법사님은 무언가 앞뒤가 맞지 않는 겸손을 떨고는 했다. 그리고 그 겸손과는 맞지 않게 법사님은 1년 전, 첫 번째 연습부터 염주 알을 꺼냈었다. 나에게는 촛불 흔들기를 시켰으면서 말이다. 물론 내가 그것에 성공했을 리 없다. 법사님 말을 따르자면 재능만큼이나 믿음이 부족한 탓이었다.

주막집 봉놋방, 나와 다르게 재능과 믿음이 가득한 법사님은 꺼내 든 염주 알을 방바닥에 내려놓았다.

"흐엇!"

그러고는 그것을 뚫어져라 쳐다봤다. 허공에 펼친 법사님의 손바닥이 부들부들 떨렸고 염주 알이 움찔거렸다. 그러더니 손바닥을 따라 슬금슬금, 염주 알이 조금씩 움직였다. 나중에는 데구르르 저만치 굴러갔다.

"휴우!"

온 기력을 쏟아부은 사람처럼 법사님이 이마의 땀을 닦았다. 나를 힐끔 쳐다보는 일도 잊지는 않았다. 획, 나는 돌아누웠다.

사실 법사님이 처음 염주 알을 굴렸을 때 나는 얼마나 놀랐던가.

1년 전 장터에서였다. 훼훼귀 잡는 구랍 법사로 한참 이름을 날리던 법사님은 장날마다 장터에 갔다. 말로는 영업이었지만 사람들의 눈길을 즐기는 게 분명했다. 법사님은 그날도 한껏 거들먹대며 장거리를 걸었는데 어딘가에 사람들이 북적였다.

"오오!"

함성도 심상치 않던 그곳을 향해 우리는 사람들을 비집고 들어갔다. 그곳에는 어른 허리만 한 가판대와 어느 노인이 있었다. 길고 하얀 머리카락이 어깨를 타고 넘는 백발노인이었다. 그 머리카락이 손짓마다 출렁였고, 머리가 하얀 만큼 눈은 새까맸다. 그 까만 눈으로 노인은 가판대 위에 놓인 무언가를 노려보았다. 염주 알이었다.

노인은 보이지 않는 벽을 밀듯 손바닥을 부르르 떨었다. 그러자 염주 알이 스스륵, 손바닥이 미는 대로 움직였다.

"아!"

노인이 보자기를 펼치자 오이 반쪽, 북어 머리, 부적, 복조리……. 구경꾼들이 내놓은 물건들이 보자기를 금방 채웠다. 그리고 그 물건들 중 하나는 법사님이 내놓은 것이었다.

"무슨 술법입니까?"

법사님 목소리에는 놀라움이 가득했다. 그러자 구경꾼 중 한 명이 못지않게 놀라며 대신 나섰다.

"염력을 아직도 모르오?"

법사님이 염력이라는 것을 처음 만나는 순간이었다.

그날 뒤로 우리는 닷새마다 한 번씩 노인의 좌판에 들렀다. 백발노인의 능력은 볼 때마다 놀라웠다. 그리고 법사님은 그 놀라운 기술이야말로 요괴를 잡는 데 적당한 방법이라고 했다. 법사님은 당장 연습을 시작했는데, 보름이 가고 한 달이 지나도록 발전은 없었다. 눈앞의 염주 알은 태산인 듯 꿈쩍도 하지 않았다.

법사님의 잦은 외출은 그 무렵부터여서 장날 아닌 날에도 뻔질나게 집을 나섰다. 노인의 거처를 알아냈기 때문이었다. 그런데 그곳을 다녀올 때마다 법사님은 무언가를 들고 왔다. 기운을 키운다는 약일 때도 있었고, 원리를 설명한다는 책일 때도 있었다. 효과가 없는 것은 같았지만 법사님은 절대 실망하지 않았다. 더구나 그날은 제법 비장하기까지 했다. 더는 가르칠 것이 없다는 말을 남기고 백발노인이 산으로 떠났다고 했다.

"헤어져야 만나네. 만나지 못하면 그 또한 그리움이 아니겠는가?"

백발노인의 목소리를 흉내 내며 법사님은 이별의 절절함을 설명했다. 그러고는 곧바로 염주 알을 바닥에 됬다.

"흐엇!"

아, 염주 알이 움찔거렸다. 다음 날엔 굴렀으며 그다음 날엔 방향을 틀기도 했다.

"와, 존경스러워요!"

창피하게도 나는 그런 말까지 했었다. 보름짜리 존경이었다.

보름이 벌써 수십 번은 지났으니 그 존경이 아직 남았을 리는 만무했다. 그런데도 법사님은 이마의 땀을 쓰윽 닦고 나를 지긋이 바라보았다. 그러거나 말거나 나는 봉놋방 구석에 붙어 잠을 청했다.

"흐엇!"

깊은 잠은 아니어서 법사님의 괴성은 늦은 밤까지 나를 괴롭혔다. 아침에 일어나서도 개운하지가 않았다.

"아, 잘 잤다!"

법사님은 가뿐한 얼굴이었다.

"꿈 좀 꾼 거 있어?"

법사님은 그 얼굴로 나에게 물었다.

"없는데요."

"잘 좀 생각해 봐."

"없어요."

"진짜 없어?"

"네."

그런 말을 주고받을 정도로 단서가 깜깜했다.

"하기야, 꾸면 뭐 해? 맞지를 않는데."

"그러게요. 그니까 법사님이 점괘 좀 내 봐요. 아, 맞다! 맞아야 점괘지!"

법사님은 별 반응이 없었다. 그러다가 갑자기 밝은 표정이 돼서는 좋은 생각이라고 칭찬을 했다. 물론 법사님 스스로가 점괘를 낸다는 말은 아니었다. 법사님이 그 정도는 아니었다. 그런데 어처구니없기는 마찬가지여서 법사님은 녹치 선사를 찾아가자고 했다. 법사님과 대결을 벌였던 그 선사였다.

"너도 봤지, 거북이? 안 맞으려야 안 맞을 수가 없지."

우스웠지만 딱히 다른 방법이 있는 건 아니었다.

조카의 사주를 받아 오는 수고는 내 몫이었다. 꼬마들에게만 선비네를 물었는데, 비밀을 강조했던 그의 당부를 잊지 않아서였다. 집을 찾는 데만도 한참이 걸렸지만 보람이 아예 없지는 않았다.

장가 안 간 소년 법사 오셨는가, 씨익 웃은 그는 사주를 적은 종이와 함께 참기름을 바른 보리떡도 안겨 줬다.

그런저런 사정으로 법사님과 함께 장터에 도착했을 때는 벌써 저녁이었다. 장날이 아닌데도 다행히 선사는 그 자리에 있었다.

"어험, 기운이 청명한가?"

정신이 맑으면 점괘가 정확하다고 했다. 아는 체하며 법사님이 좌판 앞에 쭈그려 앉았다. 그런데 목소리가 법사님 것은 아니었다.

"점괘 하나 뽑아 주시게."

훨씬 굵고 낮아서 다른 사람 행세였다.

"직접 보실 겁니까?"

눈치채지 못했는지 선사는 여느 손님을 맞는 태도였다. 히죽, 법사님이 나를 향해 눈을 찡긋댔다.

"내 것은 아니고……."

법사님은 선비 조카의 사주를 불러 주었다.

그 사주를 들은 선사는 거북이 등껍질을 흔들어댔다. 양팔로 한 아름, 그것은 다시 봐도 대단했다. 툭, 대나무 막대가 튀어나오자 선사가 그것을 쓰다듬으며 무언가를 웅얼거렸다.

"사주가 맞소?"

그러다 대뜸 물었다.

"안 맞을 이유는 또 뭐요?"

흐음, 고개를 갸웃한 선사는 달그락달그락 점괘를 다시 뽑았다.

몇 번이나 그러다가 삐죽 입꼬리를 올렸다.

"당신이나 이 아이나 없기는 마찬가지구먼."

"무슨 소리요?"

법사님이 묻자 선사는 말뜻 그대로라고 했다.

"죽은 귀신도 아니고 사이비 법사도 아니니 처음부터 없는 사람 아니오?"

선사는 법사님의 정체를 진작에 알고 있었다.

"법사라니요? 없는 사람이라니요?"

그런데도 법사님은 끝까지 굵은 목소리였다.

"아이고, 제가 눈이 멀었나 봅니다요. 손님처럼 귀한 분을 어찌 그런 놈하고……. 송구합니다, 송구해요. 제가 아는 법사가 있는데요. 아니, 법사가 뭡니까? 제가 아는 경바치 한 놈이 있는데……."

선사의 말이 길어질수록 법사님 얼굴은 달아올랐다. 이야기를 한참이나 듣던 법사님은 더 참지 못하고 벌떡 일어났다.

"이놈이 진짜!"

"이놈이 뭐냐, 이놈아! 또 뭔 수작으로 찾아왔어?"

"수작은 뭔 수작?"

"그럼 이게 수작이 아니고 뭐냐? 없는 사주로 점괘를 내라면 그게 수작이 아니고 뭐냐고?"

"없는 사주? 없는 사주라고? 아이고야, 그것 참 편할세. 모르겠다 싶으면 없는 사주네."

"없으니까 없는 사주지. 하기야 너 같은 사이비가 오죽하겠냐?"

이번에는 삿대질이 아니라 드잡이를 할 판이었다. 예전처럼 다시 사람들이 모이기 전에 나는 얼른 법사님을 잡아끌었다. 그런데도 법사님은 목소리를 더욱 높였다.

"그게 말이야, 글이야? 그럼 그 사주에 태어난 사람이 하나도 없어?"

"아이고, 그러니 우리 구랍 법사가 사이비 소리 듣는 거지. 한날한시 같은 사주여도 인생이 다르고 앞날이 다른 법 아니냐?"

선사는 그것과 같은 이유라고 했다. 그러니까 사주가 같아도 각각 미래가 다르듯 사주가 같아도 어떤 사람은 세상에 없다고 했다.

"에이, 사이비 놈. 그걸 누가 몰라? 근데 네 놈이 무슨 수로 그걸 맞춰? 네 놈이 무슨 『토정비결』 쓴 이지함이라도 돼?"

말다툼은 조금 엉뚱한 곳으로 흘러갔다. 용할 거 같다며 녹치 선사를 찾자고 한 사람은 법사님이었다. 그런데도 법사님은 네놈이 무슨 수로 사람의 미래를 알겠냐며 따지고 들었다.

"그럼 내가 우리 구랍 법사 앞날을 가르쳐 줘? 아니다, 과거부터 맞춰 주지."

"오냐. 말해 봐라, 이놈아."

"너는 엄마한테 태어났지?"

"뭐?"

"너는 엄마 배 속에서 나왔다고."

선사는 괜한 억지를 부렸다.

"그러니까 넌 죽을 거야."

"뭐, 이놈아! 그걸 지금 말이라고 해?"

"왜 말이 아니냐? 나무에서 열매가 떨어지듯 사람은 다 죽는 법이 아니냐? 사람치고 엄마의 열매가 아닌 사람이 있더냐?"

열매가 떨어진다는 말은 우리 같은 술사들에겐 익숙한 말이었다. 어떻게 앞날을 알겠냐며 시비라도 붙으면, "가을이 가면 겨울이 오고 열매가 열리면 떨어지겠지요"라는 말로 점복을 설명하고는 했다. 그 익숙한 말로 선사는 법사님을 비꼬았다.

"이놈이 진짜!"

어느새 구경꾼들이 늘어나 있었다. 나는 온 힘으로 법사님을 잡아끌었다.

"관상을 보니 네놈 사기질도 끝이야! 앞으로 살 궁리나 부지런히 하라고!"

자리를 뜨면서도 법사님은 분에 찬 소리를 멈추지 않았다. 물론 선사도 지지 않았다.

"음상(音相)을 들으니 네놈 앞날에 구덩이가 커다랗다, 이놈아. 너야말로 살 궁리가 필요해!"

뒤로도 둘은 몇 번이나 악담을 주고받았다.

"에이, 사기꾼 놈! 그저 배운 게 사기질이고 할 줄 아는 게 헛소리지."

선사와는 진작에 헤어져, 주막에 도착해서까지 법사님은 계속 구시렁댔다. 우리의 탐색은 또 벽에 부딪친 셈이었다.

처음 며칠은 같이 이곳저곳을 다니다가 다음 며칠은 그것마저 심드렁했다. 법사님은 이 핑계 저 핑계로 방에서 빈둥거렸고, 지루했던 나는 괜히 일을 만들어 마을을 돌아다녔다. 그날도 볼 것 없는 주변을 휘돌아보고 오는 길이었는데,

"아직도야?"

"아이고, 몇 살 먹지도 않았을 텐데."

얼핏 이상한 이야기가 귀에 들어왔다. 내가 귀를 기울이니 도란거리던 어른들은 이야기를 뚝 그쳤다. 나만 한 아이 앞에서는 하지 못할 이야기인 모양이었다.

나는 주막으로 뛰어가 급하게 법사님을 데리고 왔다. 하지만 이미 자리가 파한 뒤였다.

미리 실망할 필요는 없어서 주막 술판에서 아무나 붙잡고 묻자 금세 사람들이 모여들었다. 그러고는 저마다 한마디씩 말을 보탰다.

"석독네라고 버드실에 살거든. 참 부지런한 사람이야."

"그 집 애가…… 에이, 괜한 말인데."

"그러니까 깊지도 않은 물에……."

"아직 시체도 안 나왔어."

"석독네만 참 짠하지."

좋지 않은 일이었다. 어린 자식을 데리고 빨래를 했는데 아이가 물에 휩쓸렸다고 했다. 그런데 그 실종이 명쾌하지 않았다. 얕은 실개천이고 갈대마저 가득해 무언가가 떠내려가기 쉽지 않은 곳이라고 했다.

우리는 석독네를 찾아가기로 했다. 그 안타까운 일이 우리 일과 별 상관이 있을 것 같지는 않았다. 그래도 방에서 뒹구느니 무엇이든 하는 게 더 나은 일이었다.

버드실이라는 마을은 이름처럼 버드나무가 많은 곳이었다. 초입에서 세 번째 집, 들은 대로 거기 마당에는 버드나무 대신 장독 모양 큰 돌덩이가 서 있었다.

"흐흠!"

흔한 초가였다. 마루는 없었고 낡은 거적만이 방문 대신 붙어 있었다.

"허험!"

법사님이 다시 헛기침을 하자 거적을 밀치며 아줌마가 나왔다. 비녀도 없는 머리가 초가지붕을 닮아 산발이었다.

"누구시오?"

경계하는 말투였다.

"어허, 맥의 정기는 혈이라. 나쁜 기운이 혈을 짓누르니 어찌 사달이 없겠습니까."

법사님이 장독을 닮은 그 돌을 바라보기도 전에 아줌마는 인상을 찌푸렸다.

"에이, 이 사람아. 자네 같은 탁발승이 하루에도 열둘이오. 또 어디서 듣고 왔어?"

"탁발승이라니요? 듣고 왔다니요?"

"우리 깐난이······. 사람이 그러면 못써!"

나는 괜히 아픈 기억을 건드린 것 같아 죄스러웠는데 법사님은 꿋꿋했다.

"무슨 말씀이신지······. 그리고 저는 불경 외는 중이 아니라 독경하는 법사입니다. 지나는 길에 한마디 했다가 괜한 곤욕을 겪습니다."

"그러니까 가던 길 그냥 가면 되겠네."

"명색이 깃발을 걸었는데 알고도 어찌 모른 체하겠습니까? 귀신을 쫓은 뒤에 물 한잔이라도 얻어먹으면 이놈이 내 형님이요."

법사님이 나를 가리켰고 나는 조무래기다운 표정으로 가만히 있었다.

법사님은 그러고도 절대 재물을 얻지 않겠다는 말을 몇 번이나 강조했다. 그러거나 말거나 아줌마는 내내 시큰둥했다.

"이해가 갑니다. 독경은 번거롭고 번거로움 뒤에는 딴말이 오가기 마련이지요. 그러니 부적 한 장 드리고 바로 물러가겠습니다."

아이를 어쩌다 잃게 되었는지 그냥 물으면 될 일이었다. 그런데도 법사님은 일을 괜히 복잡하게 만들었다.

거기에서 따질 수는 없어서 나는 법사님이 시키는 대로 봇짐에서 부적 뭉치를 꺼냈다. 법사님은 한 장을 추리더니 손가락으로 무언가를 계속 휘갈겼다. 부적은 쇠 금(金) 자가 잔뜩 들어간 흔한 모양의 축귀벽사부였다. 그렇다면 손가락은 무엇을 쓰고 있을까?

"어른 장(長)입니다. 음귀는 쇠가 무섭고 아이는 어른이 무섭지요."

"아이요?"

"네, 이 집에 아이의 기운이 가득입니다. 정확히 보려면 절차가 있지만 아마 어린애가 맞을 겁니다."

"아이고, 알고 왔구먼."

"알고 왔든 그냥 왔든 저는 이만 가 보겠습니다."

예상과 달랐다. 꾸벅, 합장까지 한 법사님은 군말 없이 걸음을 서둘렀다. 진짜 호의를 베푸는 사람 같았다.

나는 아줌마가 멀어지자마자 바로 물었다.

"왜 그냥 가요?"

"내 직업이 뭐냐?"

"법사요."

"법사는 뭐를 잘해야 돼?"

기술이라면 독경과 장단이었다. 그 기술로 하는 일이라면 귀신을 쫓는 축귀와 소원을 비는 축원이었다.

"또?"

요즘은 점을 치는 점복도 꽤나 중요했다.

"내가 점을 잘 보려면 뭐를 잘 보라고 했어?"

눈치를 잘 보라고 했다. 그럴듯한 말을 잘하는 법사님은 눈치와 점복의 관계도 그럴듯하게 둘러댔다.

봄이 가면 여름이 오고 여름이 가면 가을이 오니, 날이 선선함을 알아 겨울을 점치는 게 점복이라는 설명이었다. 그럴듯한 말을 잘하는 법사님은 눈치와 점복의 관계도 그럴듯하게 둘러댔다. 따지고 보면 녹차 선사가 말한 나무 열매 어쩌고저쩌고와도 별로 다르지 않았다.

"내가 언제 눈치라고 했어? 앞뒤 이치라고 했지!"

눈치든 이치든, 어쨌든 법사님은 아줌마를 잘 살폈다고 했다. 그런데 그 기색이 자식 잃은 엄마는 아닌 것 같다는 설명이었다. 아무리 몇 해를 못 넘기는 아기가 많고, 아무리 돌무당에게 시달렸다 해도 그럴 수는 없다고도 했다. 다시 말해, 법사님 자기식 점괘로 보자면 깐난이는 익사가 아니었다.

"두고 봐라. 뭐라도 반응이 있을 테니까."

익사가 아니라는 점괘가 맞는지 틀린지는 알 수 없었다. 그런데 반응이 있을 거라는 점괘는 들어맞았다.

"어이! 어어이!"

얼마 뒤, 저만치에서 우리를 부르는 소리가 들려왔고,

"아이의 기운이 대체 뭐요?"

법사님 옆에 선 아줌마는 가쁜 숨을 내쉬면서 따지듯 물었다.

법사님은 바로 대답하지 않았다. 귀찮다는 표정도 지었다가 심드렁한 표정도 지었다. 아줌마의 재촉이 몇 번은 더 있고서야 입을 열었다.

"담긴 그릇이 없어 형체가 없고 형체가 없으니 기운입니다. 이 때문에 그것은 아이의 모양일 수도 있고 아닐 수도 있습니다. 하나 그것이 아이의 느낌인 것은 확실하지요. 그 느낌이 바로 기운입니다."

언제나처럼 말이 안 되는 소리였다. 그래도 상관없었다. 반응만 오면 그만이었다.

"귀신이란 말이오?"

아줌마가 반응을 했다.

"그게 보이지 않고 잡히지 않는 것이라 무엇으로 불러야 할지……. 무엇이건 부르기 알맞다면 그렇게 불러도 무방합니다."

"그럼……."

뒷말을 잇지 못한 아줌마가 잠시 뜸을 들였다. 그러다가 슬쩍 물었는데 무언가 걱정스러운 표정이었다.

"그 귀신은 어떻게 생겼소?"

법사님도 아줌마를 슬쩍 바라보았다.

"설명드렸듯 형체가 아닌 기운입니다. 아이의 느낌에 뭔가 숨막히고 촉촉한 것이 마치 물에 빠진……."

거기까지 들은 아줌마의 표정이 웬일인지 환했다.

"그러니까 물에 빠진 듯이 무언가 답답하고……."

법사님은 다시 한번 아줌마의 얼굴을 힐끔 살폈다.

"아! 원망입니다. 축축하고 음습하니 그것은 물이 아니라 사기 (邪氣)입니다! 원망하는 기운입니다!"

아줌마의 얼굴에 다시 걱정의 기색이 돌아왔다. 나도 알아본 그 표정을 법사님이 모를 리 없었다.

"아, 원통하다. 원통해! 풍진 세상 원 없이 사는 것은 내 바라지도 않았으나. 아, 원통하다. 원통해! 모진 세상 이 고통을 내 어찌 알았으랴!"

법사님은 소리꾼처럼 목소리를 높였다. 그러면서 아줌마를 빤히 쳐다보았는데 모든 것을 꿰뚫어 보는 듯 눈빛이 밝았다. 그리고 그 밝은 눈빛이 갑자기 날카롭게 변했다. 표정까지 무서워서 그 얼굴은 분명 혼을 맞이한 얼굴이었다.

법사님은 신내림이 아니라 아버지에게 독경을 배워 법사가 되었다. 그러니까 그것은 반칙이었다. 더구나 법사님은 독경사의 자세 어쩌고저쩌고하면서 신을 내리는 강신이 아닌 혼령과 닿는 접신은 사이비라는 말을 심심찮게 했었다.

"우루룩! 우룩!"

그런데도 법사님은 생전 처음 듣는 소리까지 내며 온몸을 부르르 떨었다. 별수 없었다. 나도 그 모양을 따라 고개를 양옆으로 슬쩍슬쩍 흔들었다.

"엄마, 무서워. 아, 무서워!"

목소리는 어린아이의 것이었다. 그러니까 법사님이 흉내 내는 어린아이 목소리였다. 더구나 젖도 못 뗐다는 아이가 말을 저리 잘할 수는 없었다. 그런데도 아줌마는 두 눈을 질끈질끈 감았다. 그러고는 사실이 아니라며 고개를 크게 저었다. 미안해, 미안해. 엄마가 미안해. 자식을 대하듯 중얼거리기도 했다.

"이노옴!"

그러다가 나중에는 잔뜩 흥분한 목소리를 냈다.

"어디 할 짓이 없어 자식 잃은 어미를 희롱하느냐, 이놈!"

그러거나 말거나 법사님은 계속 어린아이의 목소리를 냈다.

"엄마, 여기 어디야? 무서워. 너무 무서워."

무섭다는 투정만 반복했는데 괜한 말로 판을 깰까 봐 조심하는 모양이었다. 아줌마는 얼굴을 더욱 붉혔고 결국에는 법사님의 옷자락을 사납게 흔들었다. 아줌마의 손짓대로 법사님은 아무렇게나 휘청댔다.

"아니, 왜 그러십니까? 제가 뭘 어쨌는데요?"

법사님은 얼른 자기 목소리로 돌아왔다. 두 눈을 동그랗게 뜨고는 자기가 한 말을 하나도 모른다는 얼굴이었다.

"어쩌긴 뭘 어째? 잘 살고 있는 우리 깐난이! 무슨 억하심정이냐!"

법사님 짐작대로 깐난이는 살아 있었다. 적어도 익사했다는 말은 거짓이었다. 그 사실을 아줌마가 직접 실토했지만 나는 진실을 알고도 별로 놀랍지 않았다. 나도 아줌마의 거짓말을 짐작하고 있었나 보다. 법사님 말대로라면 나에게도 점복의 소질이 있는지도 모르겠다.

"쌀밥에, 솜옷에! 자알 살고 있는 애를!"

아줌마는 깐난이의 사정을 더는 감추지 않았다. 어디선가 잘 먹고 잘 살고 있는 깐난이를 알리려고 아줌마의 목소리가 높았다.

어느 날, 중년 남자가 아이를 사겠다고 했단다. 행색이 지저분했던 그는 양반집에서 노비들을 관리하는 수(首)노비라고 자신을 소개했다. 주인의 명령으로 노비 삼을 아이를 물색하고 있다는 설명이었다. 흥정은 길지 않아, 잘 먹이고 잘 입힌다는 말이면 충분했다. 대신 아줌마는 구설수가 걱정이었는데 "국법이 까다로우니 익사로 알리면 어떻겠습니까?" 마침 그자가 적당한 제안을 했다.

"어디 산답니까? 생김새는요?"

깐난이를 건네준 아줌마는 그 아이를 차마 그냥 보낼 수 없었다. 멀리서나마 배웅하려고 황급히 쫓아갔는데 저만치 보이는 그자의 뒷모습이 처음과 달랐다. 아이를 업은 사람 치고도 허리가 잔뜩 굽어 있었다. 얼굴이 땅에 닿을 지경이었다. 그 굽은 등 위에서 깐난이는 방실방실 잘도 웃었다고 했다.

"똑똑히 보았다, 이놈아! 그 어린 것이 좋다고! 쌀밥에, 솜옷에, 좋다고!"

아줌마는 소리쳤다.

"그 어린 것이 좋다고! 얼마나 잘 살고 있는데! 아암, 당연하고말고. 우리 깐난이는 잘 살고 있다, 이놈아!"

나중에는 더욱 사나워져서 법사님의 없는 머리채라도 잡을 듯한 기세였다. 대충 인사를 남긴 우리는 도망치듯 걸음을 뗐다. 그런데도 아줌마는 우리 뒤통수를 향해 바락바락 소리쳤다.

"쌀밥에, 솜옷에! 아암, 당연하지! 당연하고말고! 우리 깐난이, 잘 살고 있다, 이놈아!"

아줌마의 외침은 그칠 줄 몰라 갈라진 그 목소리가 내내 울려 퍼졌다.

"아암, 당연하지! 당연하고말고. 우리 깐난이. 우리 깐난이!"

외침이 들리지 않을 때까지 우리는 종종걸음을 했다. 그런데 걸음은 금세 느려져서 우리는 어느새 터벅거리고 있었다. 그렇게 한참을 말없이 걷다가 법사님이 나를 불렀다.

"왜요?"

뒤돌아보자 법사님이 물었다.

"엄마 안 보고 싶냐?"

잠시 망설이다가 대답은 하지 않았다. 그냥 가던 길을 마저 걸었고, 법사님도 터벅터벅 나를 뒤따라왔다.

요괴를 보았다

"올 땐 멀쩡했는데 갈 땐 허리가 굽었다. 할아버지는 아니고 행색이 너저분하다. 뭐 하는 사람 같냐?"

방바닥을 뒹굴며 법사님이 물었다.

"양반집 노비라잖아요."

간단한 대답에 법사님은 나를 한심하다는 듯 쳐다봤다.

법사님 설명으로 그자가 노비를 사들이는 수노비는 아니었다. 우선 차림새가 그랬고, 둘째로는 아기 나이가 그랬다. 먹이고 키우는 값이 더 드는 그만한 나이는 그냥 줘도 마다할 판이라고 했다. 그렇다면 누구일까?

"탄채!"

벌떡 일어난 법사님이 큰 소리로 자신의 깨달음을 알렸다.

그럴듯했다. 탄채는 허리에 힘을 넣는 일이 익숙지 않아 평소에
는 등이 굽었다고 했다. 그렇다면 처음에는 꼿꼿했던 허리가 나중
에는 굽었다는 것도 설명이 된다. 우리는 당장에 주막을 나섰다.

강천골로 가서 탄채의 집을 찾았는데, 허름한 초가치고도 부실
한 집이었다. 싸리로 만든 담은 듬성듬성하니 꼭 비 맞은 개털 같
았다. 부엌 한쪽은 아예 무너져서 벽도 없었다. 집이 주저앉지는
않을까 걱정될 지경이었지만 아이들은 신경 쓰지 않는 듯했다.

"아버지 계시니?"

법사님의 물음에도 그랬다. 다섯이나 되는 아이들은 대꾸도 없
이 자기 할 일만 했다.

"어머니도 안 계셔?"

막내로 보이는 아이는 아까부터 울었고 나머지 셋은 자기들끼
리 마당을 뛰어다녔다. 그러거나 말거나 열 살쯤 돼 보이는 가장
큰 아이는 내내 조용했다.

사실 대답이 꼭 필요하지는 않았다. 문짝이 떨어져 나가 방 안이
훤히 들여다보였다. 안에 어른은 없고 누군가 싸 놓은 똥 몇 덩이
와 이불로 삼는 듯한 거적 몇 장과 나뒹구는 밥그릇뿐이었다.

"어른이 말씀하시는데!"

법사님 호통에도 아이들은 여전했다. 내가 나설 차례였다. 법사

님은 네가 뭔 수로? 싶은 얼굴로 나를 바라보았다.

"떡 먹고 싶은 사람?"

그 말에 뚝, 소란이 한순간에 멈췄다. 나는 아이들을 휘돌아본 뒤에 쌈지에서 보리떡을 꺼냈다. 선비가 준 떡이었다. 콩고물 대신 먼지와 보풀이 잔뜩 묻었지만 그것은 여전히 고소한 보리떡이었다. 그동안의 유혹을 참아 내길 잘했다는 생각이 들었다. 보리떡을 바라보는 아이들 얼굴에는 기대가 가득했다.

"아버지 어디 가셨어? 알려 주면 이거 줄게."

아이들은 서로 눈치를 살피다가 다시 내 손을 빤히 쳐다보았다. 마치 주막집 주모를 바라보는 법사님 같았다.

그러던 중에 큰 애가 쓰윽 손을 내밀었다.

"받고 말하는 거다? 안 그러면 혼나요."

대답을 기다릴 필요는 없었다. 건네기도 전에 휙 그 아이가 떡을 낚아챘다. 우리는 기대에 찬 눈으로 바라보았다. 그런 우리를 쓰윽 훑어본 아이는 떡을 바닥에 툭 떨어트렸다. 그러고는 발로 짓뭉갰다. 마치 신발에 엉긴 개똥을 떼는 듯 발바닥을 몇 번이나 문질렀다.

"버르장머리 좀 보게!"

그 말을 신호 삼은 모양이었다. 막내는 빼액 울었고, 나머지 아이들은 후다닥 뛰기 시작했다.

"형은 집을 가출했고 어머니는 돌아가셨고 아버지는 없어요."

그 말 뒤에 큰 애는 다시 조용했다.

탄채라는 사람이 금방 들어올 것 같지는 않았다. 마침 기웃하는 옆집 아저씨에게 그이의 행방을 물었는데,

"당신들은 또 뭐요?"

째려보는 눈빛에 질문만 많았다. 괜히 진땀을 빼다 자리를 피한 우리는 다른 사람을 붙들었다.

"그랬어? 요즘 탄채 찾는 사람이 많아서 그럴 거야."

"네? 누가 또 찾아왔어요?"

"아니, 뭐 떠들 일이 아니긴 한데⋯⋯."

두어 달 전 어느 양반네가 찾아와 탄채를 닦달했다고 했다.

"우르르 몰려와서는 뭐, 누구를 찾는다면서 때리고 부수고⋯⋯. 아이고, 말도 마."

여러 명에게 물었으나 그들이 전한 이야기는 역시 고만고만했다.

"이런 말 해도 되려나? 하기야 흉도 아니고 비밀도 아니니까."

우리는 이런 말이 무엇인지 알고 있었다. 탄채가 굽었던 허리를 폈다는 이야기였다. 사람들은 이야기의 마지막쯤에 허리를 펴고 나타난 그의 사연을 꼭 덧붙였다.

"우리도 얼마나 놀랐던지⋯⋯."

"알 수가 있나? 탄채가 입을 다무니⋯⋯."

"처음부터 꾀병이었단 소리도 있고."

신기함을 알리고픈 심정은 이해하더라도 우리가 궁금한 것은 허리를 편 사연이 아니라 탄채의 행방이었다.

"글쎄, 이번에도 어디 품 팔러 갔으려나?"

가끔 며칠에서 몇 달씩 돈을 벌러 다녀온다는 설명이 많았다.

"그럼 그때마다 애가 한 명씩 늘어난다거나 뭐, 그러지는 않지요?"

법사님 물음에 동네 사람들은 고개를 갸웃했다.

"음, 그러니까 그 집 애들이 다 사별한 부인이 낳은 자식 맞지요?"

"예끼, 이 사람아! 집안 형편을 보고 예전 허리를 생각하게."

말을 잘못 이해한 사람들은 꾸중을 하거나 허허 웃어넘기기 마련이었다.

그런 비웃음을 여러 번 얻어먹을 때까지 탄채는 집에 들어오지 않았다. 늦게까지 기다릴까 했지만 다음이 문제였다. 아무 집이나 독경 한 번 해 주면 된다는 법사님 때문에 또 시간을 많이 보내고 말았다. 독경은 필요 없고, 재울 만한 방도 없다는 대답만 여러 번이었다. 저녁을 넘겨서야 우리는 주막으로 향할 수 있었다.

반도 못 가 사방은 깜깜했다. 하필 달도 없는 날이어서 코앞도 구별이 되지 않았다. 돌멩이가 차이고 진창이 밟혀 몇 발자국을 떼기도 힘들었다. 게다가 어디선가 들려오는 부엉이 소리는 영 기분 나

뺐다.

"무섭냐?"

"아니요."

"에이, 무섭구먼."

안 무서웠다.

"야, 다 큰 놈이……."

그런데도 그런 말을 자꾸 하던 법사님은 갑자기 좋은 생각이 있다고 했다. 멀리 있는 주막이 아니라 가까이 있는 화석골, 그중에서도 우리가 조사했던 광산업자의 집에서 하룻밤을 보내자는 제안이었다. 나는 그 제안을 받아들였다. 어둠을 겨우 더듬어 주막으로 돌아가느니 거기서 밤을 보내는 게 차라리 나을 듯했다.

누울 수 있을 만큼 멀쩡한 집은 그곳뿐이었다. 야밤에 다른 집을 확인하기에는 고달팠다. 별수 없이 우리는 법사님이 요괴라고 주장하는 그자의 집에서 가장 깨끗한 방을 골랐다. 그리고 들어가자마자 나는 알았다. 괜히 온 것이었다.

"아이고, 편하다! 너만 아니었으면 그냥 주막에 갔을 텐데. 그래도 아이고 편하다!"

법사님도 내 마음과 같았는지 목소리가 높았다. 그러고는 내내 뒤척였다. 소리가 거슬려서 귀를 닫으려고 할수록 귀가 커지는 기분이었다. 온갖 소리가 구분이 갔다.

법사님이 뒤척이며 내는 바스락거림, 문살을 훑고 가는 바람 소리, 풀벌레가 하나, 둘……. 그리고 아기 울음. 풀벌레가 셋, 넷……. 다시 아기 울음.

벌떡, 나는 몸을 일으켰다.

"들리냐?"

나에게만 들린 게 아니었다. 들리지 않으면 좋을 텐데도 그 소리가 들렸다. 으앙, 아기가 울고 있었다.

"고양인가?"

듣고 보니 그런 것도 같았다. 하지만 상관없었다. 고양이든 무엇이든 우리는 그 소리의 정체를 확인해야 했다. 요괴를 잡으러 나선 우리가 요괴의 마을에서 울려 퍼지는 소리를 외면할 수는 없었다. 희미했던 소리는 마당을 나오자 조금 크게 들렸고, 길을 따라 걷자 더 자세히 들렸다. 묵직하면서도 날카로운 그 소리는 분명 아기 울음이었다. 빠져 죽은 수귀, 물려 죽은 창귀, 굶어 죽은 아사귀, 처녀로 죽은 각시귀……. 하지만 아기가 죽어 귀신이 됐다는 소리는 들어 보지 못했다. 그것만이 희망이었다.

"태자귀 있잖아."

법사님이 아는 체를 했다. 그러고는 자기도 떨떠름했는지 얼른 말을 바꿨다.

"하기야, 태자귀가 아주 갓난애는 아니잖아. 그렇지?"

"그럼요. 저렇게 울기만 하잖아요."

울음소리가 점점 뚜렷했지만 그 위치는 정확하지 않았다. 마을 안 어디에선가 들려오는 소리를 쫓아 우리는 이곳저곳을 헤맸다. 이 집인가 싶으면 그 너머였고 그 너머인가 싶으면 다른 어딘가였다. 마을을 가로지르는 큰길과는 다르게 집과 집 사이의 길은 좁고 복잡했다. 빤히 보이는 곳으로 가려고 해도 한참을 헤매야 했다. 무성한 잡초와 허물어진 담벼락 때문에 막다른 길도 많았다. 울음을 쫓아 잡초를 헤치고 담벼락을 넘어야 했다.

"막동아."

법사님이 낮은 목소리로 나를 불렀다.

이유를 물을 필요는 없었다. 길옆에는 다 허물어진 집 한 채가 있었고 그 안에서 주황빛이 일렁였다. 익숙한 색이었다. 마당에 화톳불을 놓은 것이었다.

법사님은 담벼락에 바짝 붙었다. 그러고는 슬쩍 허리를 세워 그 너머를 훔쳐보았다. 때마침 울음소리는 잦아들어 타닥타닥, 불꽃이 튀는 소리가 뚜렷했다. 나는 허물어진 귀퉁이에 가서 슬그머니 고개를 내밀었다.

이상한 풍경이었다. 마당 가운데에 굵은 나무 말뚝이 박혀 있었다. 말뚝에는 새끼줄이 묶였는데 줄은 아기의 허리를 잇고 있었다. 게다가 아기는 발가벗은 채였다. 불거진 갈비뼈는 쇠갈퀴 같았고

팔은 수숫대처럼 가늘었다. 저 가녀린 아기가 귀신일 리는 없었다.

그렇다면 깐난이일까? 그 짐작은 금방 확신으로 변했다. 방문을 열고 나온 사내 때문이었다. 어두워서 얼굴은 보이지 않았지만 굽은 허리는 똑똑했다. 머리는 배꼽만큼 내려앉았고 등은 불쑥 솟아 어깨보다 높았다. 그자는 양손에 무언가를 하나씩 들고 있었다. 오른손에는 낫이었는데 왼손의 것은 구분이 힘들었다.

마당으로 내려온 그자는 아기에게 다가갔다. 그러더니 왼손에 든 그것을 아기의 코에 들이밀었다. 대나무 통이었다. 대통이라면 으레 한 마디짜리일 텐데 그것은 유난히 길고 굵었다. 아기가 그것을 잡으려고 팔을 휘둘렀다. 하지만 그자는 휙 대통을 잡아 뺐고 그런 행동을 몇 번이나 반복했다.

무슨 짓일까? 도무지 알 수가 없어서 법사님을 쳐다보았다. 법사님은 이미 나를 바라보고 있었다. 법사님은 눈을 찡긋대며 길쪽을 향해 고갯짓했다. 여기서 벗어나자는 시늉이었다.

들어설 때보다 나가는 길이 더 조심스러웠다. 한참을 걷고서야 우리는 발걸음을 빨리했다. 법사님은 더욱 빨라서 나는 뛰는 듯 법사님을 쫓았다.

"어디 가게요?"

"마을! 사람들 데려오려고."

"관아가 낫지 않을까요?"

"너무 늦어."

나는 법사님이 그자의 도망을 걱정한다고 생각했다. 일단 사람들과 함께 잡도리하고 나중에 관아에 알린다. 나름 적당한 방법이었다. 그런데 법사님이 우뚝 걸음을 멈췄다.

"그래도 너무 늦는데…….."

"뭐가요? 이 밤에 딴 데 가지는 않을 거 같은데."

"너 몇 살이냐?"

법사님은 대꾸 없이 엉뚱한 질문을 했다. 지학에서 하나가 부족한 나이, 그 소개를 강요한 사람이 바로 법사님이었다.

"아시잖아요. 왜요?"

"열넷이면 어른 아니지?"

"몰라요. 왜요?"

"너 쌈 좀 하냐?"

"아, 왜요?"

법사님은 뜻 모를 질문만 해 댔다.

"됐다, 됐어. 됐으니까 너는 가서 사람들 데리고 와."

"법사님은요?"

"나는 다시 가 봐야겠다."

법사님은 그자에게 다시 간다며 좀처럼 보기 어려운 표정을 지었다. 굳건한 표정 같기도 했고, 떨떠름한 표정 같기도 했다. 지팡이를 내려놓은 법사님은 무기 삼을 것을 찾는다며 주변을 두리번 거리기도 했다. 마침 사람 팔만 한 나무 막대가 있었지만 법사님은 그것이 보이지 않는지 고개만 휘둘러 댔다. 그래서 내가 몽둥이를 주워서 건네줬다.

그것을 받으며 법사님이 말했다.

"흠, 팔뚝이 굵던데……."

"염력 쓰면 되잖아요."

우스개에도 법사님은 웃지 않았다. 긴장해서였을 것이다. 그리 겁이 나면 뭐 하러 서두르는 걸까?

"데려오면 늦는다니까. 쌈도 못하는 게 뭔 말이 그렇게 많아?"

괜한 신경질을 낸 법사님은 다시 화석골로 향했다. 걸음은 휘적휘적 컸지만 묘하게 늦은 속도였다.

"같이 가요!"

나도 몽둥이를 하나 주워 들었다.

다시 그곳에 도착한 우리는 아까처럼 담 너머를 훔쳐보았다. 이전보다 더 이상스러운 광경이 눈에 들어왔다. 낫을 든 그자는 우뚝 서서 왼발로 대통을 단단히 밟고 있었고, 아기의 오른팔은 그 대통 안에 들어가 있었다. 땅에 붙은 아기의 몸은 꿈틀거렸다. 그 안 무언가가 닿을락 말락 닿지 않는 모양이었다. 아기는 온몸을 대통 안으로 꾸역꾸역 들이밀었다. 아기 몸이 찰흙이라면 대통 안은 빈틈없이 들어찰지도 모른다. 그런 쓸데없는 생각이 들 정도였다. 하지만 아기의 몸은 여전히 사람의 것이었다.

"으앙!"

그것이 아쉬웠던지 아기는 울음을 터트렸다.

"네 이놈!"

울음과 동시에 법사님이 버럭 소리를 질렀다. 그리고 나는 법사님의 호통과 동시에 마당 안으로 뛰어들었다.

그런데 나뿐이었다. 그러니까 마당에는 나와 아기와 그자밖에 없어서 법사님은 담장 뒤에서 나올 생각을 하지 않았다. 싸움은 기세가 아니던가? 숨어서 벌벌 떠는 겁쟁이와 그에게 도움을 청하는 또 다른 겁쟁이. 기세가 살 리 없었다. 그래서 나는 법사님의 법자도 꺼내지 않았다. 그저 당신 정도는 나 혼자 충분하다는 표정으로 어깨에 힘을 잔뜩 줬을 뿐이다. 하지만 그자는 움찔도 하지 않았다. 그 표정이야말로 자신감이 가득한 자의 것이었다. 그자는 날카롭고도 덤덤한 얼굴로 쓰윽 낫을 치켜들었다. 잘 갈린 낫이 화톳불을 따라 일렁였다.

"법사님!"

다급한 부름에도 법사님은 몸을 드러내지 않았다. 더구나 기척까지 숨기고 조용해서 없던 기세마저 깎아 먹은 꼴이었다. 그자는 나에게 한 발자국 다가왔고 나는 한 발자국 뒤로 물러났다.

이길 수 있을까? 그자의 굽은 허리를 생각해 내가 유리하다는 사람이 있을지도 모르겠다. 그 사람은 뭘 모르는 사람이다. 앞을 못 보는 녹치 선사는 어떤가? 그는 별명이 '일이삼'인 데다가 팽나무 할아버지의 채기를 매번 내려 주었다. 목소리, 느낌, 기운……. 맹인인데도 온갖 것을 더 자세히 보고 다루며 고친다.

그렇다면 저 굽은 허리는 탄채에게 무엇을 주었을까? 한 손으로 쇠뿔을 뽑는 힘일 수도 있고, 사람의 목을 자르는 낫 솜씨일 수도 있다. 글재주나 빠른 셈법, 나는 그런 능력이길 애써 바랐다.

하지만 아니었다. 그자의 재주는 힘이나 싸움 기술인 게 분명했다. 그자는 안 그래도 굽은 허리를 더 잔뜩 웅크렸다. 그렇게 우뚝 솟은 허리는 능력을 모으고 있다는 증거였다. 저 허리를 쭈욱 펴면 모든 게 끝장이다. 나는 알 수 있었다.

주춤주춤 뒤로 물러섰다. 그러다가 턱, 등이 담벼락과 맞닿았다. 허술한 담벼락이 내 무게로 흔들렸다. 힘을 주면 이게 무너질까? 아니면 그냥 돌아서 뛸까? 아, 그런데 법사님은 너무하지 않은가.

"법사님!"

나는 신경질을 가득 담아 소리쳤다.

"이역!"

대답 대신 그런 이상한 기합 소리가 들려왔다. 그것도 담벼락 뒤가 아닌 내 앞쪽에서였다.

"헉."

그자가 조그마한 비명과 함께 바닥에 쓰러졌다. 그리고 그자 위로 몽둥이질이 쏟아졌다. 법사님의 몽둥이질이었다. 언제 다가섰을까? 몰래 뒤쪽으로 돌아간 법사님이 기습을 한 것이었다.

"뭐 해? 새끼줄, 새끼줄!"

법사님이 한 짓을 따질 겨를은 없었다. 얼른 낫부터 챙겨 든 나는 옆에 있던 새끼줄로 그를 꽁꽁 묶었다.

"움직이기만 해 봐! 콱, 피를 볼 거니까!"

낫을 받아 든 법사님은 그것을 높이 치켜들었다. 협박이 먹혔다고 생각하지는 않는다. 그자는 아마 순순히 비는 것이 더 이득이라고 생각한 듯했다.

"살려 주십시오. 살려만 주십시오."

온몸이 꽁꽁 묶인 그자는 무릎을 꿇고 애원했다. 잔뜩 웅크린 채로 눈물까지 쏟았다.

"살려만 주십시오. 살려만 주세요!"

"네놈이 살고 죽고는 내 맘이지."

말만 들어서는 꼭 우리가 나쁜 놈 같았다.

그렇게 법사님이 그자를 을러대는 동안 나는 아기를 챙겼다. 아기는 흠칫 놀랄 만큼 가벼워서 마치 조그마한 허수아비 같았다. 그렇다면 팔과 다리는 허수아비에 달린 잔가지였다. 아기는 그 가녀린 팔을 휘두르며 나의 품 안에서 바둥댔다.

법사님이 대통 안의 것을 꺼내 먹이라고 했다. 대통 안에는 삶은 돼지고기 한 점이 들어 있었다. 고기를 받아 든 아기는 씹지도 않고 꿀꺽 삼켰다. 혹시 몸에 해롭지는 않을까 걱정스러웠는데 법사님은 괜찮다고 했다. 괜한 아는 체는 아니었는지 아기는 만족스러운 얼굴이었다.

그거 말고도 법사님은 많은 것을 알고 있어서 그자가 벌인 짓이 무엇인지도 아는 듯했다. 세상에서 가장 추악한 짓이라는 호통에도, 그러니 능지처사를 당할 것이라는 단언에도 그자는 말없이 고개를 숙일 뿐이었다.

"선비의 조카는 어디 있느냐?"

그 물음에는 잠시 의아한 표정이었다. 그러다가 조그마한 감탄사를 냈는데 도여 선비와 우리의 관계를 그제야 짐작하는 듯했다. 그러고는 조카는 모르는 일이라며 굽실거렸다. 이름을 물을 필요도 없이 그자가 바로 탄채였다.

"탄채, 이노옴! 다 알고 왔는데 어디서 시치미야?"

법사님의 말에 탄채는 억울한 표정이었다. 사실을 말하면 죄를 덜어 주겠다는 말에는 이미 도여 선비에게 수많은 문초를 당했다며 목소리를 높였다.

마을 끝 큰 집도 모른다고 발뺌했다. 그런데 반응이 이전과는 달라서 자신의 거짓말을 알리는 듯 어딘지 과장돼 있었다.

그것을 놓치지 않은 법사님이 탄채의 뺨에 낫을 들이댔다. 정확히 말하자면 들이대는 시늉만 한 것이었다. 그런데도 탄채는 기다렸다는 듯 태도가 돌변했다. 살려만 주면 무엇이든 다 말하겠다며 고개를 크게 조아렸다.

법사님이 탄채의 소매를 거칠게 걷어 올렸다. 파랗지도 않았고 반짝거리지도 않았다. 평범한 사람의 팔과 팔목이었다.

"말씀드리겠습니다, 말씀드린다니까요!"

해코지로 알았는지 탄채는 놀란 목소리였다.

"좋아. 그럼 그 집 주인은 어떤 자였어? 피부가 파란색이었지? 매끈하고 단단하니."

법사님의 물음에 실망스러운 대답이 돌아왔다.

"직접 마주한 적이 없습니다. 그자의 종과 이야기를 나눴을 뿐이에요."

여러 번의 다그침에도 탄채의 대답은 변하지 않았다. 거짓말이 자기에게 무슨 이득이 있겠냐는 말이 그럴듯했다.

"그럼 이제야 비밀을 털어놓는 이유는 무엇이냐? 네 말대로 선비의 추궁이 보통이 아니었을 텐데. 잠깐, 그리고 보면 조카 행방도 알고 있는 거 아냐?"

"아닙니다, 아니에요!"

"그럼 뭔데?"

"큰 집의 주인이 어떤 자입니까? 그만한 자라면 제가 하는 말을 다 꿰뚫겠지요. 선비에게 말했다간 그자가 바로 알았을 겁니다. 그래도 이제는 소용없지요. 당장의 고통보다 나중의 손해가 더 낫습니다. 게다가 관아에 끌려가면……."

관아를 말하는 탄채의 얼굴이 사색이었다.

"그러니 저도 그 애가 어디 있는지 알아 당장에 말씀드리고 싶습니다. 그러나 정말 모릅니다, 정말입니다."

"좋아. 그럼 애는 모른다 치고 그 주인이 간 곳은 어디냐?"

생김새도 모르는데 행방을 알 리 없었다. 법사님도 별 기대가 없는 듯한 목소리였다. 그런데 웬일인지 탄채는 아무 말 없이 두 눈을 이리저리 굴렸다. 그러고는 헤헤 웃었다.

"정확히는 아니지만 대충은 압니다. 하나 그 대충이라도 제 목숨값은 될 겁니다. 안 되더라도 어쩌겠습니까? 그것만이 제 희망인걸요."

탄채는 조건을 내걸었다. 요괴의 행방을 알려 주는 대신 자신을 풀어 달라는 조건이었다. 당연히 안 될 말이었다. 그런데도 법사님은 곰곰이 생각에 잠겼다. 사람이 너무 무딘 게 아닌가? 나라도 모질어야 한다.

내 나이 열넷, 한 사람의 어른 몫을 하기 위해 몽둥이를 단단히 고쳐 잡았다. 그런데 막상 그것을 휘두르는 일이 쉽지는 않았다. 다행히 법사님의 만류가 먼저였다.

"어휴, 저걸 그냥 놔둬요? 어휴!"

물론 그런 소리를 빠트리지는 않았다.

"어허, 어른 말 안 들을래?"

법사님도 그런 소리를 빠트리지 않았다.

"그럼 그 요괴가 간 곳은 아는 게지?"

"대충은 알고 있습니다. 그러니 나리, 제발 굽어살피십시오. 제발이요."

나중에는 어린 자식들이 있다며 눈물을 뚝뚝 흘리기도 했다. 나는 그 모습이 조금 불쌍했다. 그렇다고 그자를 용서할 마음은 들지 않았는데, 법사님은 요괴의 행방을 알려 주면 풀어 주겠다고 했다. 반성하고 착하게 살라는 말을 빼놓지는 않았다. 속죄하며 살겠다는 대답이 뻔했다. 더구나 탄채는 먼저 풀어 달라는 요구까지 덧붙였다.

법사님이 그 말까지 들어주지는 않았다.

"약속하겠네. 자네를 못 믿어서가 아니야. 조심하는 것뿐이지. 자네 역시 마찬가지 아닌가? 서로를 믿어야지."

"하나, 나리."

대답이 먼저냐 풀어 주는 것이 먼저냐, 둘은 서로 양보하지 않았다. 그러다가 그자가 먼저 물러난 이유는 법사님의 말이 진실해서 였다.

"나는 신의 뜻을 안다 자처하며 밥을 벌어먹는 사람이네. 사이 비라 손가락질을 받는 일도 있네만 신의 이름을 함부로 올릴 수는 없는 처지야. 그러니 내 신명들께 맹세하지."

법사님은 목소리가 차분했다.

"신명의 보살핌을 받는 제가 하늘의 상제님과 땅의 신령님께 고 하옵니다. 대답을 듣고 나면 이 사람과 약속을 지키겠습니다. 만약 어김이 있다면 저는 반드시 죽습니다. 그냥 죽지 않고 살이 한점 한점 베어 나가는 고통 속에 죽습니다. 또한 죽어서도 발설지옥에 가 입이 찢기고 혀가 뽑힐 것입니다. 이 약속을 신명들께 내놓아 판가름을 받겠으니 부디 판관이 되어 주시길 청하나이다."

맹세를 마친 법사님이 탄채를 담담한 눈빛으로 내려다보았다. 속이는 말은 아닌 듯 거짓말치고는 맹세의 내용이 너무 꺼림칙했 다. 탄채 역시 법사님의 말을 믿는 듯했다.

"공주로 갔을 겁니다. 평소에도 종종 거기를 다녀오는 듯했으니 까요."

자세한 장소까지는 모르고 대충만 알고 있었다. 여러 번 되물었 지만 자기가 아는 전부라고 했다. 거짓말 같지는 않았다.

"고마우이. 믿어 줘서 고마워."

따뜻한 목소리를 낸 법사님이 탄채의 뒤에 가서 섰다.

"고맙습니다. 앞으로는 착하게 살겠습니다."

"그래. 사람은 누구나 잘못을 저지르지. 그걸 알고 고치면 되는 거야."

법사님의 목소리는 여전히 따뜻했다. 그런데 표정은 무언가 이상했다. 행동도 이상해서 법사님은 몽둥이를 천천히 추켜올렸다. 그러더니 그것을 힘차게 내리쳤다. 마치 장작을 찍는 도끼질 같았다.

퍽! 진짜 그런 소리가 났다. 탄채의 머리에서 피도 났다. 나는 놀랐고 탄채는 얼떨떨한 표정이었다. 법사님은 당황했는데 아마 기절을 상상했던 모양이다.

탄채는 기절이 아닌 광분을 했다. 여태껏 허리에 모아 둔 능력을 단번에 쏟아 내는 게 분명했다. 그것 말고는 그 힘을 설명할 수 없었다. 법사님과 내가 차례로 달려들었지만 우리는 한꺼번에 튕겨 났다. 마냥 몽둥이질만 할 수도 없었다. 탄채가 몸을 사방으로 비틀자 그의 몸을 감은 새끼줄이 헐거워졌다.

달려들고 튕겨 나고 다시 달려들고 튕겨 나고, 그것의 반복이었다. 숨이 차 콧물이 드르렁댔고 나중에는 구역질이 배 속 깊이서부터 튀어나왔다. 콧물과 구역질을 꾸역꾸역 삼킨 나는 다시 꾸역꾸역 탄채에게 달려들었다. 할아버지가 말씀하시길 시작이 있으면 끝이 있고 바가지가 많으면 우물도 마른다고 했다. 다행히 할아버지는 틀리지 않아서 결국 그자의 그 놀라운 힘은 전부 닳았다.

"네놈이 한 맹세가 있으니 어찌 되는지 보자. 신명이 너의 간악한 눈깔을 파내고 간특한 입을 찢어발기고, 간사한 혓바닥을······"

그에게 남은 것은 험한 입뿐이었다.

우리는 탄채를 기둥에 단단히 묶었고 재갈 삼아 입까지 묶었다. 그런데도 악담은 사라지지 않았다. 탄채는 어눌한 발음으로 온갖 저주를 쉬지 않고 소리쳤다.

"찝찝하지 않으세요?"

아기를 둘러업고 마을로 가는 중이었다. 누구라도 탄채 앞을 지키는 게 나았지만 나나 법사님이나 둘 다 남고 싶지 않았다. 함께 얼른 사람들을 불러오기로 합의했다. 그렇게 급한 발걸음을 하다가 나는 법사님에게 물었다.

"애들? 큰애 다 큰 거 봐라. 아버지 없다잖아."

"그것도 그렇고요. 아까 맹세요."

"왜?"

"그게 좀 그렇잖아요. 아무리 좋은 뜻이라도 맹세는 맹센데."

"괜찮아."

그렇게 대답한 법사님은 나를 불렀다.

"막동아."

"예?"

"그놈이 뭘 하고 있었는지 알아?"

나쁜 짓이라는 짐작만 했지 정확히는 무엇인지 몰랐다. 대답을 기대하며 쳐다보자 법사님도 나를 쳐다보았다. 어른 행세를 할 때의 그윽한 눈빛이었다.

"애들은 몰라도 돼. 술사라면 알긴 알아야 하는데 말하기가 좀 그렇다. 입에 올리기도 죄스러워. 너도 알 날이 있겠지, 뭐."

살살 기분을 맞춰 주며 몇 번이나 물었는데도 법사님은 계속 어른 행세였다.

"그럼 맹세는 어떡해요? 횡수막이, 아니지 살풀이가 낫겠네요. 하기야 그거로도 안 될 텐데. 워낙 되게 해서."

괜한 소리는 아니어서 막상 그런 말을 하고 보니 법사님이 걱정됐다.

"괜찮다니까."

법사님은 진짜 아무렇지도 않은 얼굴이었다.

"나는 요괴를 풀어 준다고 한 적 없다. 사람을 풀어 준다고 했지."

"예?"

"그놈은 사람이 아니야."

괜한 억지였다. 훠훠귀 잡는 법사님은 자신의 전과에 또 다른 요괴 하나를 추가하고 싶은 모양이었다.

"우길 걸 우기세요. 아무리 봐도 사람인데."

"막동아."

법사님은 또다시 나를 그윽한 눈으로 바라보았다.

"사람의 마음이 없으면 요괴다."

법사님은 잔뜩 점잔을 뺐다. 그러고는 묻지도 않은 말이 술술이었다.

"마음이 괴물이라서 요괴야. 괴물 짓을 했으니까 요괴고. 다시 사람이 될 수가 없어. 돌아오고 싶어도 못 돌아온다. 이미 요괴거든."

법사님은 끝내 자기가 하고 싶은 이야기를 다 했다. 그러고는 휘적휘적 앞서갔다. 자기 말이 마음에 들었는지 뽐내는 표정을 하면서였다.

저주, 염매, 고독

탄채를 묶어 둔 우리는 우선 가장 가까운 마을로 갔다. 그러고는
무턱대고 사람들을 불러 모았다. 새벽이라 개들만 시끄러웠다. 구
경 삼아 나온 몇 사람도 별 관심을 보이지 않았는데,

"염매하는 자요! 염매하는 자를 잡았소!"

법사님이 외치자 사람이 대번에 불어났다. 염매가 무엇인지는
알 수 없었지만 모두가 싫어한다는 사실은 분명했다. 아낙들은 놀
라서 수군댔고 사내들은 집에서 달려 나왔다. 낫이나 홍두깨 같은
것을 하나씩 들고서였다.

아이를 맡긴 뒤 우리는 사람들을 이끌고 다시 화석골로 갔다. 탄
채는 그 자리 그대로였다. 확인 삼는 몇 마디 말이 오간 뒤에 매타

작이 있었다. 낫보다는 홍두깨가 요긴했다. 그다음에는 탄채를 관
아까지 포박해 갔는데 벌써 소식을 들은 현감이 우리를 기다리고
있었다. 잘 차린 밥상을 받았고 온갖 칭찬도 들었다.

탄채를 만나 사정을 듣고 싶다는 법사님의 부탁도 허락했다. 비
좁은 옥사가 아니라 뒷마당 한쪽에 자리까지 마련해 줬다. 탄채는
손목과 팔과 무릎 꿇린 두 다리가 꽁꽁 묶인 채였다.

"흐흐."

그는 악담 대신 피가 말라붙은 입술을 움찔대며 애써 웃었다.

"흐흐, 물 좀 주시오."

"내 알 바 아니니 대답이나 잘하거라."

"대답은 모르겠고 물이나 좀 주시오."

"답을 듣고 생각해 보지."

"거참 너무합니다. 인지상정 아니오?"

"인지상정? 허허, 네 입에서 그 소리가 나와?"

법사님과 탄채가 말을 주고받는 동안 나는 바가지에 물을 떠 왔
다. 가득한 물이 걸음마다 출렁이면서 바가지를 타고 넘었다. 그는
바가지에서 눈을 떼지 못했다.

"그 요괴가 너를 치료한 이유가 무엇이냐?"

치료해 준 이유는 무엇인지, 둘은 어떻게 만났는지, 진짜 치료가
맞기는 한 건지 궁금한 게 많았다.

계속된 질문에 탄채는 물을 달라는 말도 없이 아예 입을 다물었다. 그러고는 꿍한 표정이었다.

"그럼 잘 지내시게. 괜한 호기심이었으니……."

대답할 필요 없다며 법사님은 몸을 돌렸다.

탄채는 별 반응도 없이 내 손에 들린 바가지를 빤히 쳐다볼 뿐이었다. 언덕처럼 부은 눈두덩 사이의 눈은 탁했고 붉은색이었다. 나는 그 시선과 눈이 마주쳤다.

"뭐 해? 가자."

나는 탄채에게 다가가 바가지를 내밀었다. 탄채는 그는 거북이처럼 목을 빼 들었다. 그러고는 내가 바가지를 기울이는 대로 벌컥벌컥 물을 마셨다. 반쯤은 흘렀고 반쯤은 들어갔다.

"커억, 컥."

내 마음이 바뀔까 싶었는지 그는 잔기침도 얼른 삼키며 물을 들이켰다.

"가자니까."

법사님의 재촉에 발걸음을 뗐다. 그러다가 다시 멈췄는데 탄채의 말 때문이었다.

"쌀 한 섬은 유효합니까?"

법사님도 몸을 돌렸다.

도여 선비가 그에게 약속한 쌀 한 섬이었다. 사정을 들려주면 주겠다는 그 쌀을 탄채가 입에 올렸다.

"다 말할 테니 그 쌀을 주시오. 내가 아닌 내 자식들에게요."

그 말에 법사님은 잠시 생각하는 듯했다. 그러더니 고개를 끄덕였다.

탄채는 약속하라고 했다. 법사님이 아닌 나를 바라보면서였다. 나도 모르게 고개를 끄덕이다가 그 사실을 문득 깨닫고는 다시 힘을 넣어 고개를 끄덕였다.

"그래, 무엇이 궁금합니까?"

잠시 망설이던 법사님이 입을 열었다.

"허리 병은 진짜인가?"

강천골에도 탄채의 병이 진짜가 아니라는 사람들이 많았다. 급한 질문은 아니었지만 궁금한 질문이기는 했다.

"글쎄요. 이게 병일까요? 굳이 말하자면 무엇이냐가 아니라 무엇 때문이냐가 중요하지요."

탄채는 뜻 모를 말을 했다.

그럼 무엇 때문이냐는 법사님 물음에 그는 얼마쯤 뜸을 들이다가 다시 입을 열었다. 있는 그대로 말하겠지만 괜한 말로 여길 수도 있다는 내용이었다. 그건 네 상관이 아니니 말이나 하거라, 법사님 대꾸에 그는 대뜸 질문을 했다.

"방자를 아십니까?"

경을 읽는 법사가 방자를 모를 리 없었다. 물론 나도 방자를 알았다. 저주, 무고, 방법, 사술. 남을 해치는 주술은 모두 방자다. 그런데 그게 탄채와 무슨 상관일까?

"그러니까…… 보통날이었습니다. 건넛마을에 다녀오던 길이었죠."

담담한 말투였고 우리는 가만히 듣기만 했다.

"넉넉한 걸음으로 산길을 걷는데 어느 사냥꾼을 만났습니다. 그이는 덫에 걸린 산짐승을 거두고 있었어요. 그런데 노루를 잡은 사냥꾼치고는 기분이 영 안 좋아 보였습니다. 그냥 지나갈까 하다가 슬쩍 물어봤지요. 사냥꾼이 짐승을 잡았는데 왜 기분이 그러냐고요. 그러자 그 사냥꾼이 말하더군요. 잡기는 잡았는데 꼬리가 두 개인 노루를 잡았다고. 진짜로 그랬습니다. 붓처럼 쫑긋한 꼬리가 분명 두 개였습니다.

조금 찜찜하긴 하더라도 그게 뭐 그리 큰 문제냐고 물었지요. 그러자 사냥꾼 대답은 이랬어요. '꼬리가 두 개인 산짐승, 표범 무늬를 한 사슴, 발톱이 넷인 까마귀, 눈자위가 붉은 오리는 사람을 해칩니다. 그것을 먹으면 틀림없이 죽거나 병이 듭니다.' 그렇게 말했죠."

처음 들어보는 말이었다. 그런데 법사님은 알고 있었는지 『삼남행록』이라는 책 이름을 꺼냈다. 그 책에도 그런 내용이 적혀 있다고 했다.

"그래요? 나도 그 책을 알았더라면 고민이 더 적었을지 모르겠네요. 흐흐."

묘한 웃음을 지은 탄채는 계속 말을 이었다.

"사냥꾼과 헤어지고 집에 왔는데 무슨 일인지 그자의 말이 계속 생각났습니다. '틀림없이 죽거나 병이 듭니다.' 그 말 말입니다.

미워하는 사람이 있습니까? 물론 있겠지요. 그럼 죽도록 미운 사람, 아니 죽이고 싶을 정도로 미운 사람이 있습니까? 흐흐, 나는 있습니다. 죽어도 싼 놈, 죽어 마땅한 놈, 하지만 떵떵거리고 잘사는 그런 놈이 있습니다. 그날따라 그놈이 자꾸 생각나는 겁니다. 당연하지요. 꼬리가 두 개 달린 산짐승을 봤으니까요.

내내 고민하다가 다음 날인가, 다음다음 날인가 어쨌든 덫이 있던 자리로 갔습니다. 생각대로더군요. 거기엔 노루만 덩그러니 있었습니다. 전부는 아니고 넓적다리 몇 근을 떼어 왔지요. 그러고는 아내에게 그 고기를 맡겼어요. 보기 싫은 그놈에게 가져다주라고. '이 아까운 걸 뭐 하러 건네나?' 아내는 속 모르는 소리를 하더군요. 그냥 시키는 대로만 하라면서 고기를 쥐여 줬습니다.

그런데 며칠 뒤였습니다. 그날따라 밥상에 탁한 탕국이 올라왔습니다. 애들 몫도 없이 내 앞에만 있었지요. 드문 일은 아니라서 그런가 보다 했는데 아내가 배죽배죽 웃는 겁니다. 사실 처음부터 딱 잡아뗐으면 몰랐을 겁니다. 고기는 건져 내고 된장만 넣은 탕국이었으니까요. 그런데 아내가 은근슬쩍 사실을 알렸습니다. 내가 당신을 이렇게나 생각한다. 남 주지도 않고 내가 먹지도 않고 당신에게만 내는 것이다. 이런 사정을 슬그머니 내비쳤습니다.

네, 노루 고기였습니다. 흐흐, 그 고기로 국을 끓인 겁니다. 때마침 병이 들었는지, 그 고기가 진짜로 그리 만들었는지 알지 못합니다. 그런데 허리가 굽은 것이 분명 그때쯤입니다. 단단하게 굳은 것은 아니고 허리를 펼 힘이 없었습니다. 이런저런 낌새도 없이 그냥 자고 일어났을 뿐입니다. 노인네 허리야 그냥저냥 그리된다는데, 내 허리는 듣도 보도 못한 일이었죠. 사실 그때도 말이 많았습니다. 위쪽 어디서는 흔한 병이라더라. 약을 잘못 먹지 않았느냐. 오죽하면 꾀병을 부린다는 말까지 돌았으니까요.

흐흐, 내가 그때는 방자를 모르던 때였습니다. 사실 그걸 먹었다고 이리될 줄 누가 알겠습니까? 비록 내가 그놈에게 먹이려고는 했지만 괜한 악심이었을 뿐입니다. 혹시 아나요? 정말 효과가 있는 줄 알았으면 고기를 아내에게 안 맡겼을지도 모를 일이지요. '방자는 돌고 돌아 불행으로 돌아온다.' 그 말도 모르던 때였는데요. 나한테는 그 방자가 돌고 돌지도 않고 바로 불행으로 온 셈이지요. 흐흐.

내가 이리되니 아내의 고생이 두 배, 세 배였습니다. 원래 강골

도 아니었고…… 그렇게 그 사람이 죽고 나서 애들은 더 바짝 말
랐어요. 종일 우는데, 나중에는 꺽꺽대다가 결국에는 조용했죠. 축
늘어져서는 눈만 슬그머니 떴습니다.

내 결심이 그 무렵입니다. 어떡하든 자식은 먹여 살려야지요. 돈
벌 궁리를 했습니다. 그러다가 물어물어 방자의 방법을 아는 어느
사람을 찾았지요. 그 신기를 직접 겪었으니 다른 방법들 역시 효과
는 분명하지 않겠습니까? 결심대로 나는 그 방법들을 얻었습니다."

"결심? 자기 자식 살리려고 남의 자식을 죽여?"

법사님이 화난 목소리로 불쑥 끼어들었다.

"처음부터 염매를 하지는 않았습니다."

탄채는 여전히 무덤덤한 말투였다. 그 말투로 자신의 윗도리 소
매를 뒤져 보라고 했다. 자기 밑천인데 이제는 필요 없게 됐다며
흐흐 웃었다. 그걸 들키면 더 많은 곤장질을 당할 거라는 말도 중
얼거렸다. 수작은 아닐까? 걱정도 됐지만 탄채의 팔목은 여전히
꽁꽁 묶인 채였다.

소매는 팔꿈치 정도까지 접혀 있었고, 접힌 옷단은 꿰매져 있었
다. 탄채는 그 안을 살펴보라고 했다.

거기에서 두 장의 종이가 나왔는데 나는 그것을 직접 펼쳤다. 법
사님은 뺏으려다 말고 내 옆에 서서 같이 읽었다.

"고독이 먼저였지요."

네모나고 조그맣게 접힌 종이 중 하나에는 고독(蠱毒)을 하는 법이 적혀 있었다.

뱀, 거미, 지네, 두꺼비, 도마뱀. 온갖 독충 혹은 짐승을 한 곳에 몰아 놓고 여러 날을 함께 두면 서로 죽이고 먹어서 나중에는 한 마리만 남는다. 그 마지막 것이 갖는 기운이 바로 고독이다. 또한 그마지막 남은 독충이나 짐승을 고독이라고 하며, 그 기운이나 그 남은 것을 이용하여 사람을 상하게 하는 일 역시 고독이다.
독충이나 뱀을 담을 때는 붉은 진흙으로 만든 오지그릇이 좋다. 높이는 세 자에 둘레는……

뒤로도 글이 길었다. 자세했고 치료 방법까지 빠짐없이 적혀 있었다.
"고치는 법을 알아야 돈을 벌지요."
탄채는 고독으로 사람을 상하게 한 뒤, 치료를 구실 삼아 돈을 벌었다고 했다.
"그러니 이 종이가 얼마나 귀하겠습니까? 비싼 겁니다. 암요, 비싼 거지요. 흐흐. 우리 집 자식이 원래는 여섯이었습니다."
여섯 자식 중 첫째를 판 돈으로 그 종이를 얻었다고 했다. 그리고 고독을 일으켜서 번 돈으로 염매의 방법을 얻었다고 했다.

염매는 원한을 지닌 혼귀(魂鬼)이다. 그 혼귀를 만드는 일 역시 염매이며, 그 혼귀로 남을 해치는 일 역시 염매이다.

염매를 하려면 젖을 막 뗀 어린아이가 필요하다. 여자보다는 남자가 좋고 덩치가 큰 아이보다는 작은 아이가 좋다. 그 아이를 굶기는데 아주 굶기지는 않고 죽지 않을 정도로 음식을 준다. 아이가 그 맛을 잊지 못해야 하니 주는 음식은 대체로 고기가 좋다. 그것을 조금씩만 먹이면 아이는 꼬챙이처럼 비쩍 마른다.

거기서 더욱 굶기면 몰골은 흉측해지고 숨은 가늘어진다. 그쯤에서 미리 마련한 죽통 안에 늘 먹이던 고기 한 점을 놓아둔다. 그 대통을 들이대면 아이는 고기를 잡으려고 손을 집어넣는데, 팔이 짧아 그것을 잡지는 못한다. 아이는 머리를 힘껏 들이밀며 나중에는 온몸을 욱여넣는다.

적당한 때가 되면 아이의 심장을…….

거기까지 읽은 나는 슬며시 눈을 감았다 떴다. 더는 보고 싶지 않았다. 애초에 읽지 않았으면 좋을 뻔했다. 글만으로도 불쾌하고 죄스러웠다. 그리고 끔찍했다. 이런 일이 또 있을까? 생각해 봐도 떠오르지 않았다. 탄채는 그렇게 세상에서 가장 끔찍한 짓으로 돈을 벌었다고 했다. 화석골에서였다.

"빈집은 많고 사람은 없고……. 염매를 준비하기엔 딱 맞는 곳이었어요. 물론 그 커다란 초가를 모르지는 않았습니다. 거기를 드나드는 그 종복도 알았고요. 애써 관심을 안 뒀을 뿐입니다. 아, 그 큰 집하고 종복은……."

말을 멈춘 탄채가 요괴의 집과 종복을 설명하려 했다. 내가 알고 있다고 하자 그럼 그 종복을 본 일이 있는지 우리에게 물었다. 보지 못했다는 대답에 그는 이야기를 이어 갔다.

"흐흐, 나 같은 놈 눈에도 수상하기 짝이 없었습니다. 한여름에도 얼굴까지 칭칭 동여매고 나풀대는 옷을 입었습니다. 그런 데에 터를 잡은 사람이 평범할 리 없지요. 그런 수상함 때문에 오히려 마음이 놓였습니다. 내가 상관하지 않으면 저들도 나를 상관하지 않겠구나, 대번에 알았어요. 애써 관심을 안 뒀는데 어느 날 그 종복이 찾아왔습니다. 그러고는 그 말을 했습니다. 내 허리를 고쳐 주겠다는 말을요.

처음에는 믿지 않았습니다. 나에게 무슨 수작을 하려는 걸까? 오히려 무서웠어요. 그런데 그자의 조건을 듣고 조금은 믿음이 갔습니다. 그자의 주인을 비밀로 하라는 말이 먼저였고, 어느 양반네 아낙에게 나를 소개한다는 말도 했습니다. 허리를 펴기 전에 만나고 편 다음에 다시 한번 만나라는 조건이었죠. 게다가 이미 알고 있었습니다. 내가 화석골에서 하는 일도, 밖에서 하고 다니는 일도 전부 알았어요.

네, 내가 하는 염매 짓을 훤히 알고 있었어요. 나를 해코지하려면 그저 관아에 알리면 그만이지요. 그것보다 나에게 큰일이 무엇이겠습니까? 그자의 말을 믿기로 했습니다. 아니, 믿고 싶었는지도 모르죠.

허리를 가른 뒤에 다시 붙인다고 했습니다. 칼로 자른 다음에 실로 꿰맨다고요. 흐흐, 믿으세요? 나는 그 어처구니없는 말도 믿었습니다. 일이 잘못되면 죽을 수 있다고도 했습니다. 솔직했지요. 그래서 나는 허락했습니다. 고친다는 말보다는 죽는다는 말에 고개를 끄덕였습니다.

약속 날, 그 집을 스스로 찾아갔어요. 자리에 누워서는 축축한 천 조각을 입에 덮었고요. 속으로 천천히 숫자를 셌습니다. 가물가물한 정신이었지만 정확히 기억합니다. 여덟까지였고 아홉은 기억에 없습니다. 그렇게 정신을 잃은 뒤에 한참 만에 다시 정신을 차렸어요.

당장에 허리를 펴지는 못했습니다. 상처가 아무는 데 오래 걸렸고, 허리에 힘을 넣는 데 또 시간이 걸렸습니다. 그 방 그 자리에 누워서 기력을 차렸지요. 허리를 펼 때까지요."

사실일까? 나의 마음을 듣기라도 한 듯 탄채가 자신의 등허리를 보라고 했다. 탄채의 뒤에 선 나는 그의 윗도리를 가슴께까지 올렸다. 분명 꿰맨 자국이었다. 허리는 아니었고 오른쪽 등 한구석에 내 한 뼘보다 긴 흉터가 있었다. 그 흉터를 따라 헝겊을 꿴 듯 실 모양으로 까만색 살이 불룩했다.

"암요. 고마웠지요, 고맙고말고요. 몇 번이나 인사를 했습니다. 그때마다 종복이 그러더군요. 자기들도 이익이 있으니 그리 고마울 필요 없다고. 양반네 아낙을 만나 주면 된다고. 그래서 또 물었습니다. 왜 나를 고쳤느냐고. 세상 많고 많은 병자 중에 왜 하필 나냐고."

거기까지 말한 그가 말을 멈췄다. 조금 망설이는 것도 같았는데 그러다가 다시 입을 열었다.

"마침 알맞은 자가 가장 사람이기 때문이다. 종복이 전한 주인의 말이었습니다."

방자와 고독과 염매를 하는 자, 그가 어떻게 가장 사람일까?

"호호, 그러니까요. 괜한 대답에 나는 다시 한번 물었지요. 그래도 답은 같았습니다.

'네가 가장 사람이기 때문이다.' 분명 그거였습니다."

이야기를 마친 탄채는 다시 물을 달라고 했다. 그 물을 벌컥거린 뒤에는 쌀 한 섬을 여러 번 약속받았다. 꼭 자식들에게 전해 주라는 말을 몇 번이고 몇 번이고 반복했다.

염력은 믿음의 힘

춥지 않다, 춥지 않다. 하지만 추웠다. 막막하지 않다, 막막하지 않다. 하지만 막막했다. 듣기 좋은 말이다, 듣기 좋은 말이다. 하지만 듣기 싫은 말이었다.

"어허. 믿음이 중요하단 말이야, 믿음! 이 정도는 추운 것도 아니야. 함경도로 치면 오뉴월 땡볕이라 이거야. 그럼 거기 겨울은 어떻겠냐? 오줌을 누면 바로 쨍 얼어 버려. 그 겨울에도 거기 사람들은 웃통 벗고 개울에서 미역을 감아. 근데 바지는 안 벗거든. 왜냐? 믿음이 중요하니까!

이 정도 날씨는 아무것도 아니다. 거기다 옷까지 입었다. 그래서 춥기는커녕 땀이 뻘뻘이다. 그런 믿음이 있으니까 추워도……."

오줌이 어는 날씨에 개울물은 흐른다니 참으로 믿지 못할 이야기였다. 어쨌든 법사님 말처럼 믿음이 모든 걸 해결해 주면 좋기는 하겠다. 그제 밤부터였으니까 꼬박 이틀을 헤맸다. 더구나 늦가을 10월, 산속의 밤은 너무나 찼다.

법사님이 괜한 억지만 안 부렸어도 이런 고생은 없었을 것이다. 철골귀라는 요괴가 있다는 주장까지는 어떻게든 이해하겠다. 그런데 그 요괴가 무슨 산토끼, 너구리도 아니고 산속에 굴을 파고 산다는 주장은 우습지도 않았다. 게다가 그 이유마저 어처구니가 없었다.

관아에서 탄채의 이야기를 들었던 날, 우리는 그곳에서 점심까지 해결했다. 아침보다는 덜했어도 여전히 반찬 많은 밥상이었다.

"아까 들은 말을 믿으세요?"

밥을 먹던 나는 탄채 이야기를 꺼냈다.

"못 믿을 이유도 없으니까."

"그럼 그 말은요?"

"무슨 말?"

"가장 사람이라는 말이요. 네가 가장 사람이다, 그 말이요."

법사님은 탄채가 사람이 아니라고 주장했었다. 그래서 반박하는 목소리가 높을 줄 알았는데 답이 그렇게 길지 않았다.

"사람 눈엔 요괴인데, 요괴 눈엔 사람인가 보지."

알 듯 말 듯 한 그 말을 나는 더 따져 묻지 않았다. 미적댈 시간이 없어서기도 했다. 관졸이 자꾸 눈치를 줘서 자고 가고 싶다는 법사님 말에는 눈을 흘겨 뜨기까지 했다.

그렇게 관아에서 나왔는데 문제는 공주에 도착해서였다. 철골귀를 본 적이 있습니까? 묻고 다닐 수도 없는 노릇이었다. 괜히 이곳저곳을 들쑤시고 다녀도 성과는 전혀 없었다.

계룡산 초입의 주막에서 한 사흘을 보낸 뒤였다. 봉놋방 문을 벌컥 열고 들어온 법사님이 짐을 싸라고 재촉했다.

"예?"

"얼른 싸라니까."

"아니지. 보리쌀도 사고, 물도 채우고……. 먼저 준비부터 해야겠다."

"아, 왜요?"

"알아냈거든."

"뭘요?"

"뭐긴 뭐야? 철골귀지!"

"예? 어딘데요?"

"봉래산!"

법사님은 방문 너머, 저 멀리에 있는 산을 가리켰다. 그 산은 앞산과 그다음 산 너머에 있는데도 가장 우뚝했다. 나는 여러 겹의

산 중에 왜 하필 그 산인지 물었다.

"그 요괴가 뭐라고 그랬어? 광산! 그놈이 광산 일을 한다고 했잖아. 갑자기 그 말이 딱 떠오르는 거야."

그 순간을 재현하는 듯 법사님은 허벅지를 탁, 치기까지 했다.

"그러면 그놈이 어디 있겠어? 광산에 있겠지. 내가 그 광산 있는 데를 알아냈다 이거야!"

법사님은 주막에 든 사람들에게 광산을 아는지 묻고 다녔다고 했다. 그러다가 한참 만에 아는 체하는 사람을 만났는데, 그자가 나라 허락도 없이 광물을 몰래 캐는 곳이 있다고 했단다. 법사님은 그자의 목소리가 은밀했다고 몇 번이나 강조했다.

나는 그 은밀한 목소리를 상상할 수 있었다.

"소문은 있는데……. 장소? 에이, 나까지 알면 그게 비밀인가? 그래도 들은 말이 있기는 한데……. 어허, 목이 참 컬컬하네."

술 한잔 얻어먹자는 수작이었을 게 뻔했다. 내가 꼼꼼히 따져 묻자 법사님은 대답 대신 주모를 부르더니 봉래산 가는 방법을 물었다.

"아이고, 거기는 안 된다니까! 울렁귀가 나온다고 몇 번을 말해. 글쎄 대낮에도 나와서는 우르렁, 우르렁! 사방 천지를 휘젓고 다닌대요!"

주모의 말로 대답을 대신하더니 법사님은 짐을 싼다고 유난스러웠다.

봉래산이 자리한 반포라는 지역은 두억시니로 유명한 곳이었다. 법사님의 주장에 따르면 철골귀가 사는 곳이기도 했다. 게다가 울렁귀까지 있다니 참으로 요괴들의 고향이었다.

울렁귀의 유무나 철골귀의 거처는 둘째 치고, 봉래산에 광산이 있는지부터가 의문이었다. 정확히는 그 산 거기는 아닐 수도 있고 중턱 아니면 거기 근처 어디. 법사님이 들었다는 위치부터가 흐리멍텅, 꼭 안개에 가린 구름 같았다. 그 구름을 찾아 우리는 사방을 휘돌았다. 그러다가 채 이틀을 넘기지 못하고 길을 잃었다.

산속에는 길도 없었고 낮과 밤을 잇는 저녁도 없었다. 분명 한낮이었는데 문득 사방은 깜깜했다. 그때부터 목표는 광산이 아니라 내려갈 길이었다. 종일 돌멩이에 차이고 나무에 긁혔지만 우리는 여전히 산속이었다.

춥고 피곤했다. 그래서 나는 막막했다. 그런데도 법사님은 함경도니, 믿음이니 어쩌고저쩌고하는 소리로 나의 심기를 건드렸다.

"염력만 해도 그래. 안 된다 하고 딱 정해 놨는데 그게 돼? 예전 송나라 가사도 이야기는 해 줬던가?"

들은 적이 없었다. 그래도 딱히 이야기가 궁금하지 않았는데 법사님은 내 의견을 상관하지 않았다.

"가사도는 귀뚜라미 싸움이라면 자다가도 벌떡 일어났어. 귀뚜라미 돌보는 노비만도 다섯이 넘었거든."

그이가 큰돈을 들여 머리가 크고, 다리는 두껍고, 몸이 흰색인 새끼 귀뚜라미 한 마리를 샀다고 한다. 달걀밥을 먹이며 정성스럽게 키웠는데 문제가 하나 있었다. 워낙 성질이 급하고 힘이 좋아 경기장 칸막이를 훌쩍훌쩍 뛰어넘었던 것이다. 새끼 때부터 그러니 나중에는 더 볼 것도 없었다.

고민하던 중에 하인 하나가 방법을 내놓았다. 야트막한 상자에서 키우며 그 위를 얇고 투명한 종이로 덮자는 것이었다. 그 방법은 과연 효과가 있었다. 귀뚜라미는 처음 얼마 동안은 통통 뛰었으나 그때마다 종이에 막혔다. 그러다가 나중에는 뛰지 않고 얌전했다. 위를 덮은 종이를 없앤 뒤에도 그랬다. 다 자라서 더 높이 뛸 수 있는데도 칸막이를 넘지 못했다.

"없는 천장이 귀뚜라미에겐 있었던 거지. 어디에? 마음속에. 그 마음속 천장을 못 뚫으니까 그놈은 평생……."

"염주 알 좀 줘 보세요."

나는 법사님 말을 끊었다.

"왜?"

"천장 좀 뚫게요. 왠지 지금은 할 수 있을 거 같아요."

"허허, 촛불도 안 되는 놈이 염주 알이라."

"믿음이 중요하잖아요."

"그렇지. 믿음이 중요하지. 하나 과욕도 금물이야."

점잖은 목소리를 낸 법사님은 염주 알을 나에게 건넸다.

"하나 더 줘야죠."

그 말에는 얼른 딴청을 피웠다.

"뭘? 뭘 더 줘?"

1년 전, 법사님이 염주 알을 굴렸을 때 나는 참으로 놀라웠다. 다시 말해 참으로 순진했다.

그때가 오후였는지 저녁이었는지 정확히 기억나지는 않는다. 어쨌든 1년 전 그날, 찬거리를 사려고 장터에 갔다. 그런데 소쿠리 장수의 좌판에 낯익은 물건이 놓여 있었다. 법사님이 염력을 연습하던 그 염주 알이었다.

"싸게 줄게. 원래는 비싼 거야."

염주 알을 든 소쿠리 아저씨가 그것을 다른 염주 알에 갖다 댔다. 그러자 그것이 스르륵 움직였다.

장터에서 재주를 선보이던 어느 노인에게 사들였다고 했다. 그 노인은 처음엔 염력이라는 볼거리를 팔았고, 나중에는 염력을 키워 준다는 약을 팔았으며, 결국에는 장사 밑천인 지남석(指南石)까지 팔더니 도 닦으러 간다며 떠났다는 말도 덧붙였다.

"다른 장터 갔겠지, 뭐. 그나저나 짭짤했을걸. 요게 얼마나 비쌌는데. 나야 뭐, 아주 떨이로 샀지. 그것도 여러 개나."

싼값에 사 가라며 아저씨는 좌판 위에 지남석 한 쌍을 내놓았다.

그 뒤로 나는 법사님에게 지남석을 여러 번 따져 물었다. 그때마다 법사님은 시치미여서 묻는 걸 그만둔 지가 오래였다. 그저 잔소리가 지겨울 때면 그 이야기를 슬쩍 다시 꺼내는 정도였다.

"하나 더 줘야죠. 지남석이요."

봉래산에서도 그랬다.

"뭔 소리야? 괜히 자신이 없으니까 그러네. 일단 자세히 봐 봐. 진짜 지남석은 말이야……."

"잠깐만요."

법사님의 말을 자른 나는 어디선가 들려온 어렴풋한 소리에 귀를 기울였다. 저녁 무렵 황소 울음 같기도 했고, 떼 지어 나는 말벌 소리 같기도 했다. 그 소리가 익숙하지는 않았지만 처음 듣는 소리 역시 아니었다.

"범이다!"

우리는 거의 같이 소리쳤다.

봇짐에서 야수불침부적(野獸不侵符籍)을 꺼낸 법사님이 나에게도 그것을 한 장 건네주었다. 안 온다고 믿으면 되지요, 그런 농담을 하려다 관뒀다. 나 역시 부적을 믿으며 숨죽일 뿐이었다.

잠이 올 리 없었다. 춥고 막막하고 무서워서 거의 뜬눈으로 밤을 새웠다. 법사님은 나보다 더했다. 날이 밝지도 않았는데 내려갈 길을 찾자며 나를 흔들었다.

새벽에는 무턱대고 내리막을 걷다가 오전쯤에는 계곡물을 따라 내려왔다. 물은 산 아래로 향한다는 법사님 말이 그럴듯했다. 처음에는 이런저런 우스개도 하고 서로 짜증도 주고받느라 말을 쉬지 않았다. 나중에는 둘 다 조용했는데 앞서가던 법사님이 우뚝 걸음을 멈췄다.

"들었냐?"

"뭘요?"

"쉿!"

가만히 귀를 기울이자 나에게도 들렸다. 지난밤과 똑같은 그 소리인데 호랑이는 아니었다.

더 가깝고 또렷해서 지난밤보다 더 자세했다. 법사님 생각도 같아 지난밤의 호랑이는 우리의 착각이었다. 한 번만 들었다면 확신할 수 없겠지만 그 소리는 몇 번이나 더 울렸다.

"울렁귀다!"

괜한 말 같지는 않았다.

"크흐으어어어어어어……."

울부짖는 호랑이와 부글대는 폭포가 섞인 듯한 소리였다. 기분 나쁜 소리는 내내 이어졌는데 짐승이라면 그렇게 쉬지 않고 울 수는 없었다.

계곡을 따라 내려갈수록 소리가 가깝게 들렸다. 그런데 그 소리는 길게 이어지다 어느 순간에 끊겼고, 또 이어지다가 다시 뚝 끊겼다. 나는 다행이라는 생각이 들었지만 법사님은 아쉽다는 표정이었다.

"막둥아!"

그러다가 다시 환해졌는데 무언가를 발견했기 때문이었다. 발가벗은 사람이었다. 머리는 산발에 실오라기 하나 걸치지 않아 행색은 요괴 못지않았다. 하지만 그는 분명 사람이었다. 알몸이라 더 확실했다.

봉래산이 함경도일 리도 없고 10월은 겨울도 아니다. 더구나 그 사람은 바지도 안 입고 물지게만 멨을 뿐이었다. 물동이를 지게에 얹은 그는 삐쩍 마른 몸을 휘청대며 숲속으로 사라졌다. 쫓아가자는 법사님 말에 딴지를 걸지는 않았다. 아는 체하기에는 꺼림칙했고, 모른 체하기에는 상황이 좋지 않았다.

그를 쫓는 일이 그렇게 어렵지는 않았다. 물방울이 뚝뚝 바닥에 남긴 흔적을 쫓자 나무로 엮은 움막이 나왔다. 고깔 모양에 높이는 내 키만도 못한 초라한 움막이었다.

"댁들은 누구신가?"

불쑥 그 움막에서 그가 갑자기 걸어 나왔다. 몇 살일까? 나이는 짐작이 어려웠다. 흰머리도 없이 수염까지 새까맸지만 찡그린 표정을 따라 주름이 많았다.

"산속에서 길을 잃었습니다. 우연히 여기에 닿았고요."

법사님의 대답에도 그는 여전히 못마땅한 얼굴이었다.

"어허!"

그는 그 표정으로 버럭 소리를 질렀다.

"내가 이리 벗은 이유가 무엇인가? 세상 만물과 이야기를 나누기 때문이야. 눈으로 보고, 귀로 듣고, 코로 맡고, 손으로 만지지. 온몸으로 느낀다고!"

그는 우리가 몰래 따라온 사실을 온몸으로 느꼈다며 소리쳤다. 마치 이야기도 온몸으로 하는 듯 가느다란 팔을 부르르 떨기까지 했다. 법사님은 쿵, 콧방귀 비슷한 소리를 냈다.

"그래서요? 느끼면 그만이지 뭐 그리 열을 내시나? 산에서 내려가는 길이나 알려 주시오."

굳이 부탁하는 사람의 태도를 말하지 않더라도 영 당당한 자세였다.

"뭔데? 무슨 일이야?"

그리고 그 당당한 자세는 금방 꺾여야 했다.

"쟤들은 뭐야?"

하나둘 어느새 모여든 사람들이 우리를 둘러쌌다. 셋, 넷, 다섯. 모두 남자였다. 나이는 제각각이어서 청년부터 노인까지 다양했다. 다행히 알몸은 아니었는데 바짓단을 고정하는 각반을 차지 않아 약초꾼의 차림새는 아니었다. 얼굴에 숯검정이 묻지 않아 숯가마꾼 역시 아니었다. 그렇다면 산적일까? 산적치고 인상이 어설펐지만 말투는 분명 사나웠다.

"이것들 이거! 너희들 관아에서 왔지?"

그들은 관아를 경계하는 게 분명했다. 그런데 질문을 다르게 이해한 법사님은 변명하듯 우물거렸다.

"네? 어찌 아셨는지? 거기를 들렀다 온 건 맞는데……."

법사님의 대답이 채 끝나기도 전에 그들은 소리를 질렀다. 무릎을 꿇어라! 포승줄도 받아라! 줄을 가져와야지. 우선 피하고 보자. 사방은 금세 소란스러워졌고 그들은 우왕좌왕하는 것도 같았다.

울렁귀가 울지 않았다면 그 소란은 더욱 커졌을지 모르겠다.

"크흐으어어어어어어어……."

기다란 포효가 아까보다 크게 들렸고 그들은 멈칫, 하던 말을 멈췄다. 긴장하는 표정은 아니었다. 울음이 그치자 오히려 그들의 얼굴엔 자신감이 흘렀다. 말투가 더욱 사나워졌다.

"자꾸 이러면 우리도 안 참아!"

어느 청년이 물지게를 받치던 작대기를 휙 잡아채더니 그 작대기를 단단히 쥐었다. 털썩 쓰러진 물지게는 아무도 신경 쓰지 않았다. 그들은 큰 결심을 한 사람들처럼 슬금슬금 우리에게 다가왔다.

질끈 눈을 감아 버릴까? 생각도 하기 전에 나는 벌써 눈을 감고 있었다.

"그만! 다들 그만하세요!"

그래서 그 말을 누가 했는지는 알 수 없었다. 얼른 눈을 떴지만 사람들의 사나움은 그대로였다.

"얼른 멈추라니까요!"

그렇게 목소리가 먼저였고, 수풀을 헤치고 나오는 모습이 나중이었다. 왜 여기에 있을까? 의문보다는 핑 도는 눈물이 먼저였다.

"도인님!"

내 마음까지 담아 법사님이 소리쳤다.

백발노인, 법사님에게 지남석과 염력의 재주를 넘겨준 그 백발 도인이었다.

"우리처럼 공부하는 분들입니다. 이 무슨 실례예요?"

그들은 약초꾼도, 숯가마꾼도, 그렇다고 산적도 아니었다. 계룡산 줄기에서 술법과 도를 공부하는 방사들이었다. 금강산에는 불도 닦는 스님이 많고, 지리산에는 인도 닦는 호걸이 많으며, 계룡산에는 선도 닦는 방사가 많다고 했다. 농담으로 알았는데 반쯤은 사실이었던 모양이다.

"아, 부끄럽습니다. 사람도 구분 못 하니 신선인들 알아봤겠습니까."

설명을 들은 뒤라 그런지 그들은 제법 방사다웠다. 게다가 사람들이 괜찮아서,

"두 방사께서 탓하시더라도 드릴 말씀이 없습니다."

나에게도 꼬박꼬박 존댓말이었다.

"하하! 심려하지 마시길. 실수가 없으면 벌써 신선입니다."

나도 방사답게 대답했다.

물론 법사님은 그러지 않아, 이 옷을 보고도 그런 소리가 나오냐며 법복을 펄럭일 뿐이었다.

"아니, 방사건 아니건 여기는 아무한테나 몽둥이를 듭니까, 예? 지나가는 아무나 붙잡고 그냥 막 때려요? 방사면 봐주고 아니면 안 봐주고?"

"그게 아니라……."

방사들은 난처한 표정이었다.

"그게 아니면 뭡니까? 도인님 없었으면 우린 어떻게 됐겠어요?"

"너무 탓하지 마시게."

백발 도인이 법사님을 말렸다.

"사정이 있어 그렇다네."

그들이 낯선 사람을 경계하는 데는 이유가 있다고 했다.

"자네들도 포졸을 보면 괜히 뜨끔하지 않은가?"

사실이었다. 우울한 일이지만 술사에 대한 대접은 별로 좋지 않

았다. 관청에서는 특히 그랬다. 풍속을 어지럽히는 음사(淫祀)를 없앤다며 단속하는 일도 자주였다.

"게다가 진짜 힘든 일은 따로 있어."

관청에서 산속 방사들에게 산적이라는 누명까지 씌운다고 했다.

"수령이 바뀌면 공을 세운다고 쳐들어오고, 나라에서 산적을 잡으라면 수를 채운다고 또 쳐들어오지."

그렇게 잡혀가면 온갖 고문을 받는다고 했다.

"봉래산 방사가 아닌 칠갑산 산적이 될 때까지 멈추지 않는다네. 공주의 도적 떼로 만들 때도 있어. 버티다 방사로 죽거나 굴복하여 화적으로 죽거나 결과는 한 가지야. 그러니 어찌 우리가 날카롭지 않겠는가?"

설명을 듣던 법사님은 내내 조용했다. 그러다가 반질한 머리를 긁적였다. 법사님 나름의 사과였다.

그 사과를 받아들인 방사들은 우리에게 다시 사과를 했다. 그러고는 음식도 차려 줬다. 얼마쯤 걷자 널찍한 공터가 나왔는데 우리는 그곳에 빙 둘러앉았다. 보이지 않던 나머지 몇도 모여들어 꽤 큰 식사 자리였다.

굳이 따지자면 맛있는 식사는 아니었다. "성찬이요, 성찬이야!" 최면을 걸듯 법사님은 빈말을 늘어놓았다. 하지만 방사라고 다 같은 방사가 아니었다. 우리 같은 방사에게 생더덕과 생진달래와 이름 모를 생이파리가 입에 맞을 리 없었다.

"이 좋은 자리에 어찌 신선 차가 없습니까?"

"그러게 말입니다. 내일 좀 아끼고 말지요, 허허."

누군가가 가져온 신선 차, 그러니까 온갖 귀한 것들로 빚었다는 술은 나와 상관없었다.

"평생 술 중에 제일이요. 나중 생에서도 으뜸일 것입니다."

물론 법사님은 그렇지 않았다. 앞서 한 빈말과는 다르게 그 감탄은 진짜였다. "귀한 대접에 보잘것없는 성의입니다!" 봇짐에서 보리쌀을 내놓는 법사님의 목소리가 호기로웠다.

"어허, 다섯 가지 곡식 중엔 보리가 으뜸이라. 보리를 먹으면 머리가 세지 않지요. 그것을 생으로 먹으면……. 좋습니다, 좋아요!"

보리쌀을 반긴 방사들은 답례 삼아 자신들의 술법을 선보인다고 했다. 내 눈에는 그냥 재주였는데 그들은 나름 진지했다. 얼큰한 취기에 얼굴이 빨가면서도 웃음이 많지 않았다.

처음으로 나선 방사는 아까 지게 작대기를 쥐었던 청년 방사였다. 그는 준비를 한다고 부산스러웠다. 커다란 함지박을 가져왔고, 바가지를 가지러 다시 다녀왔으며, 그 바가지로 물을 푸는 시간이 또 한참이었다. 그렇게 함지박 안에 물을 가득 채우고는 "후읍" 그곳에 얼굴을 묻었다.

하나, 둘, 셋, 넷, 다섯, 여섯, 일곱, 여덟, 아홉……. 사람들이 외치는 숫자는 끝없이 이어졌다. 백스물하나, 백스물둘, 백스물셋······. 백은 진작 넘어 사람들 목소리가 시들할 때도 그의 얼굴은 여전히 함지박 속이었다. 그러고도 한참 뒤에야 "푸아!" 그가 고개를 들었다.

"공부의 처음은 호흡이라. 그것이 이미 경지이니 어찌 대단하지 않은가!"

다시 봐도 놀랍다며 저마다 칭찬을 늘어놓았다.

청년 방사는 뚝뚝 흐르는 물방울을 힘차게 털어 냈다. 후우, 후우, 가쁜 숨을 감추느라 잔뜩 찡그린 표정이었는데 다르게 보면 애써 웃는 얼굴 같기도 했다.

"기록일까요? 후우, 후우, 기록이겠죠?"

뿌듯한 얼굴인 것만은 분명했다.

청년 방사에 비해 벌거벗은 아저씨는 준비가 간단했다. 그냥 몸 하나면 충분했다. 아저씨는 두 손을 맞잡더니 줄넘기를 하듯 "뚜둑" 자기 몸을 통과시켰다. 아저씨가 알려 주길 기를 순환시키는 체조라고 했다. 배워 두면 큰 이득이 있을 거라는 말에 굳이 대답하지 않았다.

뒤이은 아저씨는 "악! 악!" 괴성만 질러 댔다. 조금 실망이었는데, 돌멩이를 씹어 먹는 할아버지는 그런대로 괜찮았다.

"휘이휘이, 휘윅, 휘!"

그리고 휘파람을 부는 아저씨가 가장 신기했다. 휘파람인 듯 아닌 듯 묘한 소리를 지저귀자 새 한 마리가 그의 손등에 내려앉았다.

"휘이휘이, 휘욱, 휘!"

또 한 마리가 내려앉았다.

와아! 환호성을 신호 삼아 새들은 푸드덕 날아올랐다.

법사님도 가만있지는 않았다. 변변찮은 재주라며 염주 알을 바닥에 내려놓았고 다음은 정해진 대로였다. 비장한 표정과 떨리는 손바닥과 기합 소리.

"오오, 대단합니다. 대단해요!"

"으헛!"

염주 알이 움직이기도 전에 감탄이 먼저 나왔다. 아기 얼굴을 보기도 전에 예쁘다고 하는 셈이었다.

"대단하긴요. 도사님 은혜로 겨우 따라 하는 정돕니다."

"알지요, 알아요. 그래도 어디 그게 보통 일입니까?"

백발 도인의 흐뭇한 미소를 배경으로 법사님과 방사들은 덕담을 주고받았다.

"그런데 우리 소년 방사는 무슨 공부를 했을까요?"

그 질문만 없었으면 다 좋을 뻔했다. 온화한 얼굴로 어느 방사가 물었고 나에게는 너무 갑작스러웠다. 없다는 대답을 입에 담은 채 그를 바라보았는데 나를 향한 시선은 하나가 아니었다. 그 시선들이 기대에 찼는지는 잘 모르겠다. 상관없었다. 나는 방사들이 보여준 것이 술법이나 공부가 아닌 재주나 장기라는 사실을 모르지 않았다. 그래서 '하하, 아직 공부가 부족해서요' 그렇게 대범하게 넘기면 그만이었다.

"꿈이 잘 맞습니다!"

그런데 그 소리가 먼저 나왔다.

"예?"

"꿈이요? 그러니까 밤에 꾸는……."

방사들의 반응은 시원찮았다. 아마 꿈은 숨 참기나 휘파람과는 다른 모양이었다. 무엇이, 왜 다른지는 모르겠지만 어쨌든 방사들은 시큰둥했다.

"네, 그 꿈입니다. 하하! 그래도 이게 꼭 보통 꿈은 아닌 게……. 아시죠? 예지몽이라고 해야 하나. 앞날이 막 떠오르거나 그러지는 않는데요. 우리 할아버지가 또 해몽 하나는……."

무슨 일인지 나는 말이 많았다. 그리고 얼굴은 붉었던 모양이다. 나의 얼굴을 살핀 게 분명한 법사님이 생전 안 하던 칭찬을 늘어놓았다. "역시 막동이! 꿈 하나는 진짜!" 다른 방사들을 뉘우치게 할 만큼 커다란 목소리였다.

"아, 꿈이요. 대단하네요!"

방사들은 자신들의 반성을 알리는 듯 목소리에 힘을 줬다. 그리고 조금 전의 무심함을 보상하겠다는 듯 목소리가 높았다.

"그럼요! 꿈도 다 다르지요! 기가 막히네요!"

"대단합니다! 소년 방사가 대단합니다!"

칭찬에는 능숙하던 방사들이 연기에는 서툴렀다. 게다가 누군가 나의 어깨를 툭툭 두드린 건 칭찬도 아니었고, 연기도 아니었다. 아마 격려였을 것이다. 그깟 재주, 나에게는 아무것도 아니었다. 그러니까 날 달랠 필요 없었고, 칭찬도 필요 없었다. 격려는 더욱 필요 없었고, 화날 일도 우울할 일도 없는데, 아무렇지 않은데…….

"저…… 오줌 싸러 가요."

나는 자리에서 일어났다.

"이번엔 방사님 공부 한번 보죠."

내가 슬그머니 일어났는지, 벌떡 일어났는지는 잘 모르겠다.

"허허, 그럴까요?"

"오, 자신감입니까?"

아무튼 사람들은 계속 떠들썩했고 그런 흥겨움이 닿지 않는 곳까지 나는 걸었다. 야트막한 바위였다. 딱딱하고 차가웠는데 뜬금없이 둘째 형의 코 고는 소리가 떠올랐다. 다음에는 우리 집 마당이 떠올랐고.

얼른 나는 고개를 쳐들었다. 희미하던 별들이 점점 밝아졌다. 수도 어느새 늘어 하늘이 온통 반짝였다. 신기했다. 그렇게 빛이 하늘을 채울수록 세상은 더 깜깜했다. 저 별빛과 어둠이 상관없듯 어둠도 소리와는 상관없을 것이다. 나무를 흔든 바람이 귀를 지나갔다. 찌륵찌륵 여치가 울었고, 드드드드 방아깨비가 끼어들었다. 터덕터덕 저 소리는 법사님의 발걸음이다.

나는 한참 동안 돌아보지 않았다. 법사님도 아무 말이 없다가 쓰윽 내 눈앞에 주먹을 내밀었다. 그러고는 오목한 수저 모양으로 그 주먹을 펼쳤다. 손안에는 별빛 아래 먹색, 제 색깔로 반짝이는 두 개의 염주 알이 있었다.

그런 거 때문에 이러는 거 아니에요, 그런 말은 하지 않았다. 그럼 왜 그래? 법사님의 말이 벌써 들리는 듯했다. 아무 말이 없던 나는 조금 뒤에 그것을 받아 쥐었다. 차갑지는 않았다. 따뜻하지도 않아서 미지근했고 조금 축축했다.

"알지?"

묻는 말에도 나는 애써 조용했다.

"응?"

말 없는 그 풍경이 제법 좋았는데도 법사님은 기어코 하고픈 말을 했다.

"알지, 응? 귀뚜라미!"

법사님의 목소리는 어둠과 상관없이 퍼져 나갔고, 별빛 아래 먹색, 두 개의 염주 알은 여전히 제 색깔이었다.

봉래산 방사들의 비밀

쇠인지 돌인지는 잘 모르겠다. 이름 끝에 돌 석 자가 붙었으니 아마 돌 같다. 그런데 왜 어떤 돌은 들러붙고 또 어떤 돌은 가만있는지 모르겠다. 법사님은 세상을 움직이는 힘과 그 힘을 조정하는 원리를 말했다. 그런 대단한 힘과 원리가 이(理)나 기(氣) 같은 글자 하나로 덩그러니 남을 거 같지는 않았다.

굳이 말하자면 신(神)이나 기(奇)라는 글자가 더 어울린다. 보이지 않는 귀신이 있는 듯 아리송하고 기이한 힘이 붙은 듯 괴상하다. 그래서 지남석은 그냥 신기하다는 말이 가장 잘 들어맞는다.

지난밤엔 움막 하나가 전부 내 차지였다. 내내 염주 알을 가지고 놀았는데 하나를 대면 철컥 나머지 하나가 달라붙는 게 하면

할수록 신기했다. 하지만 염주 알을 밀어내는 건 성공하지 못했다. 냉큼 달라붙기만 해서 따지고 보면 법사님도 나름 노력을 한 셈이었다.

기지개도 없이 멀뚱히 있다가 지난밤처럼 바닥에 염주 알을 놓았다. 그러고는 법사님처럼 염주 알을 멀찌감치 떨어뜨려 두었다.

후우, 크게 호흡을 뱉고 염주 알을 빤히 바라보았다. 하나, 둘, 셋, 넷……. 수를 세는 것도 방법이라고 했다. 그렇게 입으로 나오는 수를 의식하지 못하면 그게 바로 무아지경이라고 했다. 열둘, 열셋, 열넷, 열다섯…….

"으헛!"

기합 소리와 함께 뚜둑, 천장에서 나뭇가지 한 개가 떨어졌다.

"뭐 해?"

법사님 때문이었다. 법사님이 거적문을 제치며 불쑥 들어왔다. 그 바람에 움막을 지탱하던 나뭇가지 하나가 툭 부러졌다.

"어? 또 사고 쳤구나?"

그런데도 법사님은 그게 내 탓이라고 했다. 대꾸도 아까워서 나는 염주 알을 슬그머니 바지춤에 넣기만 했다.

"아함!"

괜한 하품도 했다.

"너는 참 잠이 많아. 하기야 우리 소년 방사 재주가 꿈꾸기니까."

빨갛게 충혈된 눈으로 법사님은 히죽댔다. 술 때문에 속이 쓰려 일어난 게 분명했다.

지난 저녁에 각자 재주를 선보이고, 내가 염주 알을 받은 뒤에도 술자리는 계속됐다. 신선 차 양동이가 제법 컸지만 금방 동이 났다. 나머지 한 동이를 비우고도 자리는 파하지 않았다.

"또 없습니까? 또 없어요?"

술이 부족하다며 법사님은 계속 염치없는 소리를 했다.

"그게…… 내일 점심에 쓸데가 있어서…….""

방사들은 거짓말을 하지 않는 모양이었다. 그냥 없다고 하면 될 일을 쓸데가 있다며 곤혹스러워했다.

"점심에요? 뭐에다 쓰실 건데요?"

법사님의 끈질긴 물음에 방사들은 우물쭈물 대답하지 못하고 더욱 곤혹스러워할 뿐이었다.

"암요, 다 쓸데가 있겠지요. 나 가면 쓸데가 생기겠지요."

법사님은 농담 같지 않은 농담을 하며 하하 웃었다.

나는 처음부터 더덕이나 우물거렸지만 그렇게 지루한 자리는 아니었다. 방사들은 장수하는 양생법과 복을 부르는 법술을 이야 기했다. 나름 들을 만했는데 나중에는 둔갑이 화제에 올랐다.

"혹시 돼지를 사람으로 둔갑시킬 수 있을까요?"

나의 질문이 시작이었다.

방사들은 나만 한 조무래기도 함부로 대하지 않았다. 꼬박꼬박 존대를 했고 대답에도 정성을 다했다.

　"천년을 살려는 우리에게 열 살이건 백 살이건 무슨 차이겠습니까? 게다가 공부한 열 살이 공부 안 한 백 살보다 존중받을 만하지요. 대답 역시 그렇습니다. 존중하는데 어찌 대답이 없겠습니까? 모름지기 대답에 성심을 담아야지요. 방사가 방사를 대할 때는 더욱 그렇습니다. 가끔 대답을 게을리하는 자가 있는데 부족한 공부가 창피해서……."

　그렇게 말이 많은 편인 방사들은 둔갑에 관한 나의 질문에도 저마다 말을 보탰다.

　"당연히 되지요."

　반은 둔갑시킬 수 있다고 했고,

　"어찌 당연합니까? 당연히 안 되지요."

　반은 그럴 수 없다고 했다. 또 반은 둔갑의 역사가 있다고 했고, 다른 반은 재미로 전하는 전설이라고 했다.

　본 사람이 없어 끝나지 않을 논쟁이었다. 어쩌면 봤더라도 의견은 갈렸을지 모르겠다. 두 명의 조카를 봤다는 도여 선비도 둔갑을 믿는지는 잘 모르겠다. 그 이야기를 전해 들은 나도 당연히 믿지 않았다. 어쩌면 가능할 것도 같지만 곰곰이 따져 보면 너무 터무니없다.

"믿기지 않아 믿지 못한다면 공부가 무슨 소용입니까? 답답하게 왜 이러세요?"

"허허, 이거 참. 나야말로 답답합니다, 답답해요!"

그렇게 논쟁이 다툼으로 번질 무렵이었다.

"그런데 자네들은 어쩌다 여기까지 닿았는가?"

백발 도인이 자연스레 화제를 돌렸다.

방사들의 눈길이 법사님에게 모였는데 그 시선을 마다할 법사님이 아니었다.

"혹시 철골귀를 아십니까?"

워낙 은밀한 이야기라면서도 법사님의 목소리는 활기찼다.

도를 닦는 방사들다웠다. 논쟁이 언제 있었냐는 듯 관심이 금방 바뀌었고 모두가 철골귀를 알고 있었다.

박여랑이 물릴 뻔했네, 김영처의 외삼촌도 보았네, 피부가 단단하네, 박여랑은 진도에 살았네! 그 내용이 그 내용이라 앞 순서를 놓친 방사들은 아쉬워하는 표정이었다.

"다들 잘 아시네요. 제가 바로 그 철골귀를 잡을 겁니다!"

그런 선언 뒤에 법사님은 그동안의 이야기를 술술 풀어놓았다. 다행히 비밀로 하겠다는 선비와의 약속은 깨지 않으면서였다. 선비와 조카 이야기는 하지 않고, 훼훼귀를 잡은 자신의 전적과 화석골과 탄채 그리고 광산을 찾아 헤맨 이야기를 늘어놓았다.

"그러다 으르렁거리는 소리를 들었습니다. 그게 울렁귀라면서요?"

"네?"

분명히 방사란 대답에 최선을 다하는 사람이라고 했다. 그런데 무슨 일인지 방사들은 짧은 되물음으로 대답을 대신했다. 여태껏 추임새가 많던 사람들이 갑자기 조용하더니 또 어느 순간에 모두가 떠들썩했다.

대단하다는 칭찬이 많았고, 조심하라는 걱정도 있었다. 하지만 으르렁 소리와 울렁귀를 입에 담지 않는 것은 모두가 같았다.

"가만가만. 이 좋은 자리에 신선 차가 부족하네요!"

백발 도인은 다시 화제를 돌리기까지 했다.

"쓸데가 있다면서요?"

좋으면서도 법사님은 애써 예의를 차렸다.

"조금만 쓰면 되지요."

"그래요? 그럼 가서 가져오셔야지요!"

나는 꺼림칙했는데 법사님은 세상 밝은 표정이었다. 백발 도인이 술동이를 가지러 간 뒤에는 나를 탓하기까지 했다.

"어허, 뭐 하냐? 술동이가 얼마나 무거운데. 이 밤에, 눈도 안 좋으시고."

그럼 자기가 가지. 그 말을 꿀꺽 삼킨 나는,

"아, 이런 실수를……. 연로한 어르신께 술동이라니요."

나의 평소 모습을 알리며 얼른 도인을 쫓아갔다.

"크흐으어어어어어어……."

그 무렵, 울렁귀가 다시 울기 시작했다. 여전히 사나운 소리였지만 적응이라도 된 모양이었다. 조금 움찔한 나는 저만치 앞서가던 도인을 막 부르려던 참이었다. 그가 문득 걸음을 멈추더니 두 손을 가슴쯤에서 가지런히 합했다. 그러고는 가만히 허리를 숙였다.

"크흐으으어어어어……."

울렁귀가 우는 곳을 향해서였다.

무슨 뜻일까? 합장은 인사일 때도 있고, 수행일 때도 있고, 치성일 때도 있다. 무엇이건 울렁귀를 향한 합장은 의문이었다. 괜히 조심스러운 나는 술자리로 급히 돌아갔다. 그러고는 슬그머니 법사님을 잡아끌었다.

"아, 왜?"

법사님은 술자리가 파할까 마음이 급할 뿐이었다. 나의 설명에도 반응이 영 시원찮았다.

"이상하잖아요. 왜 합장을 해요?"

"뭐가?"

"아니, 뭐 하러 울렁귀한테 하느냐고요."

나는 움막 안에서도 지난밤에 했던 이야기를 다시 꺼냈다. 술기운 없는 정신에 기대를 걸었는데 법사님의 대답은 여전했다.

"돌탑 같은 게 있었겠지."

그 말 정도는 이해할 만했다. 그런데 '괜히 합장할 때가 있다' '몸에 배면 습관처럼 아무 데서나 한다' 그런 말들은 도저히 이해가 어려웠다.

"사실은 나도 자주 해. 니가 못 봐서 그렇지."

법사님은 괜한 억지까지 부렸다.

"뭘 못 봐요? 항상 붙어 있는데."

"똥은? 똥 쌀 때는?"

"그럼 법사님은 합장하면서 똥 싸요?"

"말이 그렇단 거지. 너는 왜 그렇게 의심이 많냐? 하기야 믿음이 없으니까 의심이라도 많아야지."

"어쨌든 저는 말했어요. 일 틀어지면 다 법사님 탓이에요, 예?"

그 말 뒤에 나는 입을 다물었다. 나의 항의라고는 그런 침묵뿐이었다. 아침을 먹고 내려갈 채비를 하면서도 내내 입을 열지 않았다. 뚱한 표정까지는 짓지 않았는데 법사님이 갑자기 고개를 갸웃했다.

"하긴 좀 이상하긴 해."

"그렇죠? 이상하다니까요."

"그러니까 내 말이."

법사님은 태도가 돌변했다. 그러고는 꺼림칙한 일은 따로 있다며 의심을 더욱 키웠다.

"술 쓸 일이 뭐가 있어? 누가 또 오나? 아니, 누가 오건 말건 나한테 말 못 할 건 또 뭐야?"

나는 합장이 의심스러웠지만, 법사님은 방사들이 아끼는 술을 마음에 두고 있었다. 어쨌든 그 일이 마음에 걸린다는 말이 틀린 것 같지는 않았다. 돌이켜 보면 술을 어디에 쓸 것인지 듣지 못했다. 말하지 않아 듣지 못했고, 말하지 않을 일이라면 떳떳하지 못할 일이었다.

우리는 산에서 내려가는 척 어딘가에 숨어 있기로 했다. 방사들을 몰래 살피자는 계획이었다. 내려가는 길을 안내받고, 방사들과 인사를 나누고, 백발 도인과 포옹을 하고,

"허허! 신선 차가 벌써 그립습니다, 허허!"

"열심히 공부해서 다음에는 더 훌륭한 진짜 방사의 모습으로 또 뵙겠습니다!"

괜한 연기를 한 우리는 산 아래가 아닌 산 위로 향했다. 방사들이 짐작 못 할 곳이었고, 멀리나마 공터가 눈에 담기는 곳이었다.

거기서 살핀 방사들은 별다른 행동을 하지 않았다. 볼일을 보고, 체조를 하고, 물을 긷고, 두런두런 잡담을 할 뿐이었다.

"점심일까요?"

"그러게, 점심일까?"

그런 질문을 수십 번은 주고받았는데도 방사들은 여전히 볼일을 보고, 체조를 하고, 물을 긷고, 두런두런 잡담을 했다.

"점심일까요?"

"응."

그러던 중에 법사님이 반가운 대답을 했다. 법사님 눈이 그리 좋은지는 여태껏 몰랐다. "저기 보이지?" 누군가를 가리켰는데 그가 바로 발가벗은 방사라고 했다. 그런데 아무리 살펴도 그는 그냥 방사 중의 한 명이었다. 더구나 자세히 보니 그는 분명 옷까지 입고 있었다.

"그러니까 때가 됐지."

발가벗은 방사가 옷을 차려입었다고 했다. 그렇다면 무언가를 시작하려는 징조였다. 공터에 하나둘 모여든 방사들은 어딘가로 움직이기 시작했다. 급하게 따라붙을 필요는 없었다. 소란스럽지는 않더라도 그들이 두런거리는 소리가 그렇게 작지는 않았다. 몸을 숨긴 우리는 조심스럽게 그 소리를 쫓았다.

반나절 정도를 내려가더니 그들은 걸음을 멈췄다. 나무가 듬성한 조그마한 공터였다. 옆에는 계곡이 흘렀는데 한쪽에는 내 허리만 한 높이의 널빤지 하나가 서 있었다. 그리고 거기에는 금줄이 감겨 있었다. 거뭇한 새끼줄은 올이 풀렸고 끼워진 노란 종이는 바스러져 꽤나 오래 묵은 금줄이었다.

청년 방사가 헌 금줄을 거두고는 새로운 금줄을 둘렀다. 누구는 나무 그릇을 바닥에 펼쳤고, 또 누구는 그릇에 음식을 채우기도 했다.

그렇게 준비를 마친 그들은 널빤지 앞 술잔에 술을 채웠다. 그러고는 나란히 서서 일 배, 이 배 절을 했다. 마치 제를 올리는 것 같았다. 그렇다면 누구에게 올리는 걸까?

"크허어어! 크허어어!"

갑자기 울렁귀가 울었다. 여태껏 들어본 적 없는 큰 소리였다. 그러고는 갑자기 시작됐듯 갑자기 뚝 끊겼다. 방사들은 흠칫 놀라면서도 당황하지는 않았다. 준비한 순서인 듯 앞으로 한 발쯤을 나선 백발 도인이 입을 열었다.

"살아 있다 믿으니 축문은 아닙니다. 그저 그대를 잊지 않아 올해도 왔습니다. 이승이든 저승이든 부디 그 원을 이루시어……."

"크허어어어어어어어어어……."

울렁귀가 다시 으르렁댔다. 그리고 소리를 키워 울부짖기 시작했다. 수풀을 떨게 하고, 도인의 목소리를 묻을 정도로 큰 소리였다. 방사들은 계곡 너머 어딘가를 조심스럽게 바라보았다. 울렁귀의 울음은 분명 그곳에서 들려왔다.

법사님이 방사들의 시선이 향한 곳을 가리켰다. 그러고는 무언가를 말했다.

"예?"

으르렁대는 소리는 이제 귀가 아플 지경이었다.

"광산이라고!"

그러고 보니 계곡 너머 둔덕에 조그마한 입구가 자리하고 있었다. 하지만 내가 상상하던 광산의 모습은 아니었다. 입구에는 나무로 덧댄 문틀이 없었다. 그 앞을 분주히 드나드는 광부들도 없어서 그저 불퉁한 입구를 가진 동굴로 보였다.

"너 광산 본 적 있어?"

"그러는 법사님은요?"

"나야 뭐 너도 알다시피……."

법사님이 그 말을 채 끝내기 전에 으르렁 소리가 뚝 끊겼다. 갑작스러운 소리만큼이나 그런 갑작스러운 조용함도 우리를 놀라게 했다. 놀라기는 산짐승도 같았는지 꿩 한 마리가 푸드덕, 요란한 소리를 내며 날아올랐다. 하필 우리 옆에서였다.

"까투리네."

청년 방사가 꿩을 가리켰다. 그리고 그는 의심이 많은 게 분명했다. 분명 꿩을 봐 놓고는 우리 쪽으로 슬금슬금 다가왔다. 설마 여기까지 올까? 바람과는 다르게 그의 발걸음은 멈출 줄을 몰랐다.

어떡해야 하나……. 심장이 귀에서 뛰는 듯 두근거렸다. 법사님도 별수 없어서 당황한 표정만 가득했다. 그리고 나와 눈이 마주쳐서는 무언가를 결심한 사람의 표정이 됐다. 그러니까 법사님에게서는 좀처럼 볼 수 없는 표정이었다. 더구나 법사님은 담담한 미소까지 곁들이더니 불쑥 튀어 나갔다.

"방사님들! 대체 뭡니까?"

그들은 놀라는 것도 같았고, 당황하는 것도 같았다. 왜 여기에 있냐는 백발 도인의 물음에 "그건 중요하지 않아요!" 법사님은 제법 당당했다.

"그렇죠. 지금 중요한 건 그게 아니죠."

쓰윽, 청년 방사가 앞으로 나섰다.

"그럼 뭐가 중요할까요?"

청년 방사의 손에 지게 작대기는 들려 있지 않았다. 그런데도 법사님의 목소리는 어느새 예의 발랐다.

"막동아!"

그리고 나를 부르는 목소리는 애써 기운찼다.

"막동아!"

나가기 싫었지만 어쩔 수 없었다.

"여기 열한 살 꼬맹이한테 한번 물어봅시다. 대체 뭐가 중요한지. 여기서 이러는 게 대체 뭐로 보이는지. 막동아, 니 눈엔 이게 뭐로 보이냐? 울렁귀한테 빌고 절하고……. 뭐로 보여? 열하나 먹은 니가 한번 말해 봐라."

나는 말하지 않았다. 졸지에 열한 살이 된 나는 그저 그 나이답게 가만있기만 했다. 그런데도 법사님은 열한 살, 열한 살 운운하면서 자꾸 나에게 대답을 강요했다.

"구랍, 흥분을 가라앉히시게."

여기에서 무얼 하고 있었냐며 백발 도인이 앞으로 나섰다.

피하고 싶었던 질문에 법사님은 입을 꾹 다물었다. 적당한 대답을 찾느라 이리저리 움직이는 눈동자는 내가 보기에도 민망할 지경이었다. 게다가 중년의 체통은 어디다 던져 버렸는지 또다시 열한 살 막동이를 부르기까지 했다.

"막동아, 니가 대답해 줘라. 여기서 우리가 뭘 하고 있었는지."

"낮잠을 자고 있었습니다."

나도 모르게 그 말이 튀어나왔다. 해 놓고 보니 그럴듯했고 그 말 다음에는 더 그럴듯한 말이 이어졌다.

길을 나선 뒤로 술기운이 남은 법사님이 자꾸 발을 헛디뎠다. 잠시 눈이라도 부치고 다시 출발하자며 낮잠을 자는데 웅성대는 소리에 깨 보니 이상스러운 풍경이 눈앞에 보였다. 아는 체하기엔 조심스러워 묵묵히 지켜봤을 뿐이다.

술술 나온 거짓말에 나는 스스로가 대견스러웠다. 그 거짓말에 힘을 얻은 법사님이 목소리에 잔뜩 힘을 줬다.

"네, 그저 조심스러워 지켜봤을 뿐이지요. 아니, 조심스러운 게
아니라 의심스럽습니다! 대체 여기서 무얼 하고 계십니까?"

법사님의 목소리가 쩌렁거렸다.

"우선 여기를 벗어나세나."

백발 도인은 동굴 쪽을 힐끔 살폈다. 도인은 모든 걸 이야기해
주겠다는 약속도 했다. 그 약속이 아니더라도 자리를 벗어나야 했
다. 울렁귀의 동굴이 계곡 너머 바로 눈앞이었다.

"그래, 무엇이 궁금한가?"

움막 공터에 닿아서도 백발 도인은 말을 바꾸지 않았다. 도인은
묻는 말에 성심껏 답하겠다고 했다. 아까의 절은 무엇인지, 으르
렁대는 소리는 무엇인지 그리고 그 소리를 향한 도인의 합장은 또
무엇인지, 묻자면 끝이 없었다.

"감추지 않겠네."

굳이 할 만한 이야기는 아니지만 비밀 역시 아니라면서 백발 도
인은 이야기를 시작했다.

"관아의 단속은 들어서 알 것이야."

원래 방사들이 모여 공부를 하던 곳은 봉래산이 아닌 계룡산이
었다. 그때는 사람도 많아 지금의 서너 배도 넘는 규모였다고 했
다. 그러다 관아의 단속에 숨거나 끌려가 사람은 줄었고, 쫓기고
쫓겨 봉래산에 터를 잡게 되었다. 길고 긴 계룡산 줄기, 그 많은 산

중에 하필 봉래산에 자리를 잡은 이유는 바로 그 으르렁대는 소리 때문이었다.

"그날따라 포졸들이 끈질기기 그지없었네. 막 수령이 된 자가 엄명을 했었겠지."

몇은 창에 찔렸고, 많은 이가 오랏줄에 묶였다. 나머지는 사방으로 흩어졌는데 그중 백발 도인네가 쫓겨 온 곳은 봉래산이었다.

"피범벅인 발바닥을 돌볼 시간은 없었네. 하루 한나절을 도망쳤는데도 그들은 여전히 우리를 뒤쫓았어. 그러다 그 사나운 소리를 들었지."

으르렁, 방사들은 그 소리를 그때 처음 들었다고 했다.

"두려웠지. 어찌 그러지 않겠나? 하지만 물러날 곳이 없었네. 물러나 창에 찔리느니 차라리 귀를 막고 앞으로 나아가는 편이 더 나았어."

방사들은 쫓기고 쫓겨 결국 소리가 터져 나오던 동굴 앞에까지 닿았다. 이미 포졸들은 뒤에 바짝 붙어 있었다. 어디로 피할까? 동굴로 들어가자는 말이 나왔지만 반대하는 이가 많았다. 공부하는 방사들은 요괴의 무서움을 모르지 않았다. 근처 수풀에 몸을 숨기고 엎드렸는데 얼마 뒤 한 무리의 포졸들이 동굴 입구에 도착했다.

포졸들 역시 함부로 동굴에 들어가지는 못했다. 그러다 한 포졸이 용기를 냈고, 그렇게 동굴 안으로 사라진 그자는 한참이나 나오지 않았다.

"그때쯤에 뚝, 으르렁대는 소리가 끊겼지. 사방은 조용했어. 그래서 그 소리가 더욱 똑똑했다네."

비명이었고 신음이었다. 포졸의 것이 분명한 그 참담함이 동굴을 타고 터져 나왔다.

"포졸들은 달아났지. 저 소리의 주인이 포졸들을 쫓아낸 셈이었네. 물론 우리를 위했다고는 생각하지 않아. 그저 거슬렸고 그래서 해쳤겠지. 그때부터 여기에 터를 잡았어. 짐승인지 요괴인지, 아니면 그 무엇인지 알지 못하네. 그저 저 계곡을 넘지 않을 뿐이야."

계곡 너머, 그것의 심기를 거스르면 방사 역시 예외가 아니었다.

그이의 법명은 여립이었다고 한다. 소년을 갓 벗어난 나이, 여느 방사들과는 다르게 의문을 품는 일에 거리낌이 없던 방사였다.

"바르고 똑똑했어. 호기심은 또 어찌나 많았는지……. 오래 사는 공부가 아니라 세상 아는 공부를 하고 싶다고. 불은 왜 환하고 세월은 왜 흐르는지, 그런 공부를 하고 싶다고……."

그이는 울렁귀의 정체에도 호기심을 감추지 않았다. 으르렁 소리에 귀를 기울였고, 계곡 너머 동굴을 살피기도 했다. 방사들의 만류에도 그의 호기심은 그칠 줄을 몰랐다. 그러던 어느 날, 과한 반주에 취기라도 돌았는지 그가 뜻 모를 소리를 했다.

"온 천지 지혜를 모아도 그이 하나만 못합니다. 우리의 지식은 얼마나 헛되었습니까?"

생전 없던 주정을 부렸고, 자신이 가지 않으면 모두가 쫓겨날 거라는 말을 했다. 하지만 가는 것은 그 누구를 위해서가 아니라 스스로의 선택이라 소리치기도 했다.

그의 실종이 그 무렵이었다.

"그날이 바로 오늘이라네. 인사 없이 내려갔을 수도 있고, 어디선가 길을 잃었는지도 모르지. 그래도 그이가, 그 사람이⋯⋯."

백발 도인은 잠깐 말을 멈췄다.

도인의 이야기가 거짓말 같지는 않았다. 그러니까 우리에게 굳이 거짓말을 할 필요는 없었다. 우리는 둘이었고 저들은 여럿이었다. 우리가 껄끄러우면 처음 만났을 때처럼 그저 윽박지르면 그만이었다.

"우리의 용기라곤 그를 기억하는 일뿐이라네. 여기, 계곡 이쪽에서 말이야. 우리를 너무 탓하지는 말게나. 게다가 저 소리 없이 우리가 갈 곳은 또 어디겠는가?"

합장은 먼저 떠난 사람을 향한 애도일 때도 있다.

요괴의 소굴로

법사님은 머리를 긁적였고, 사과마저 죄스러운 나는 우물쭈물했다. 조용한 목소리로 용서를 구했는데 백발 도인은 미안할 일도 많다며 웃어 보였다. 울적해 보이는 웃음이었다. 그래서 나는 용기를 냈다.

"하하, 요괴도 사람을 알아보지요. 사람을 도와 다리를 만든 요괴들도 있다지 않습니까? 그러니 저 울렁귀도 방사님들을 알아 모시는 거지요."

"허허, 소년 방사가 말은 좋네."

다행이었다. 그 웃음은 진짜 같았다.

"정확하십니다. 공부는 부족한 게 입에는 꿀이 잔뜩입니다. 아,

그게…… 요괴가 알아 모시지 않았다는 건 아니고……. 그건 맞고요! 제가 말만 좋다는 건…….”

그렇게 횡설수설하던 법사님은 얼른 다른 말을 꺼냈다.

“이제 신선 차는 아낄 일 없겠지요? 공부가 부족하니 그 도움이라도 받아야……. 그저 신선이 되고 싶을 따름입니다.”

“허허, 중년 방사도 말이 좋네.”

늙은 방사가 염치가 없는 것이었다. 마시고 가겠다는 것도 아니라 한 병 정도를 따로 챙겨 달라고 했다. 더는 신세를 지기 싫어서라는데 그 말이 참 모순이었다.

사실 이유는 따로 있어서 동굴을 빨리 살피고픈 마음에서였다. 진짜 쳐들어가면 어쩌나, 그런 걱정을 하지는 않았다. 법사님 용기에 동굴을 살필 리가 없었다. 게다가 수십의 포졸도 물리치는 울렁귀가 기껏해야 피부가 단단한 철골귀 같지는 않았다.

그런데도 법사님은 동굴이 아니라 광산이고, 울렁귀든 무엇이든 그것이 철골귀라고 여기는 모양이었다.

“철골귀를 쫓아내면 방사들은 어떡하나?”

쓸데없는 걱정에 잠기기도 했다.

“세도가, 도여 선비가 방법을 마련하겠지!”

혼자 답을 낸 법사님은,

“거북아, 빨리빨리!”

나에게 새로운 별명까지 붙였다.

그러고 나서는 막상 계곡이 가까워지자 법사님은 고개를 갸웃했다. 그러더니 삥 둘러 가자는 말까지 했다.

"왜요? 괜히 힘들게."

예상한 행동에 미리 준비해 놓은 말이었다. 그렇게 심드렁한 척 말한 나는 법사님을 따라 막 방향을 틀려는 참이었다. 그런데 저만치 멀리에서 무언가가 휙 스쳐 지나갔다. 토끼일까? 따져 봤지만 그렇게 큰 토끼가 있을 리 없었다. 노루도 생각해 봤지만 두 발로 걷는 노루가 있을 리도 없었다. 그것은 사람이었다. 작고 재빠른 걸 보니 분명 어린아이였다.

"법사님!"

법사님을 부른 나는 아이가 사라진 쪽으로 급하게 뛰어갔다. 아이를 봤다는 말을 법사님은 못 믿는 눈치였다. 정확히는 믿고 싶지 않은 눈치였다.

"진짜? 진짜 봤어? 없는데?"

나뭇가지에 팔이 쓸리고, 신발 삼아 짚신을 감싼 가죽은 벗겨질 듯 말 듯 아귀가 어긋났다. 상관없이 나는 뛰었다. 별수 없이 법사님도 뛰었는데, 우리는 그 아이의 뒷모습을 잠깐이나마 볼 수 있었다. 아이는 계곡 너머, 사립문만 한 토굴 입구로 쏙 사라졌다.

"아!"

동굴이었다. 어떡할까? 우뚝 멈춰 선 우리는 그 입구를 바라보며 망설였다.

"쫓아가요."

나는 결심했고, 법사님은 조용했다.

"얼른요!"

"신중해야지."

나는 하마터면 고개를 끄덕일 뻔했다. 그래서 얼른 목소리를 냈다.

"늦으면요?"

그렇다. 그러다 늦으면 어떡할 텐가? 나도 법사님도 우리가 해야 할 일을 알고 있었다.

"몽둥이 챙겨라."

늦지 않게 들어가라는 듯 두툼한 나무 막대 하나가 바로 옆에서 뒹굴고 있었다. 나는 얼른 그것을 집어 들었다.

동굴 입구는 생각보다 작았다. 미리 알지 못했으면 그냥 지나칠 만한 크기였다. 잘려서 나뒹구는 관목들도 보여 평소에는 입구를 가리는 듯했다. 우리는 쭈그린 걸음으로 그 안으로 들어갔다.

입구는 작았지만 안은 네모반듯한 통로가 길게 이어졌다. 내가 양팔을 뻗어도 벽이 닿지 않았고, 법사님이 깨금발을 딛어도 천장은 위에 있었다.

"광산 맞지?"

높은 천장까지 널빤지가 덧대어져 진짜 광산 같았다. 게다가 무슨 일인지 통로 끝, 저 안쪽 깊숙이에서 불빛이 어렴풋했다. 길기는 또 얼마나 긴지 불빛이 나는 데까지는 한참이 걸렸다. 조심스러운 걸음이라 더 오랜 시간이었다.

불빛은 눈이 부셔 똑바로 바라보기 힘들 정도였다. 신기한 일이었다. 그것은 좁쌀만 한 크기인데도 사방을 밝혔다. 반딧불의 노란색도 아니었고 횃불의 붉은색도 아니었다. 뜨겁지도 않고 일렁이지도 않는 그것은 창호 너머 햇빛처럼 하얗게 빛났다.

불빛을 가리킨 법사님이 무언가를 우물거렸다.

"네?"

"야광주라고."

법사님이 같은 말을 속삭였다.

어둠 속에서 환하게 빛난다는 야광주, 그런 것이 진짜 있는지는 모르겠다. 더구나 그것이 그토록 작고 밝은 것인지는 더 모르겠다. 하지만 그럴듯해서 그것 말고는 설명이 힘들었다.

그것은 하나가 아니었다. 조금 더 걷자 사방은 점점 어두워졌고, 저 멀리에서 또 다른 불빛이 아늑했다. 구미호는 예쁜 여자가 되고 물귀신의 집은 잔잔한 법이다. 그 아늑함이 꺼림칙했던 나는 걸음을 더욱 조심스럽게 뗐다.

저만치에 선 아이가 눈에 들어왔다. 불빛을 등진 그 아이는 먹이번진 그림처럼 윤곽이 희미했다.

"막동아."

내가 부르기 전에 법사님이 나를 먼저 불렀다.

"조카 애 이름이 뭐였냐?"

그리고 내가 하려던 질문을 했다. 이름은 생각나지 않았고, 들었는지 역시 기억에 없었다.

"꼬마야."

나는 저쪽에 닿을 만한 크기로 아이를 불렀다.

"도여 삼촌 알지?"

아이는 여전히 반응하지 않았다. 그 아이가 선비의 조카인지는 알 수 없었지만,

"삼촌 아는 사람들이야."

한껏 친근한 표정을 한 우리는 그쪽으로 천천히 다가갔다.

휙, 아이는 몸을 틀더니 반대편으로 뛰었다. 우리도 뛰었는데 얼마 뒤에는 멈칫, 그 자리에 멈춰야 했다. 불빛이 밝은 그곳은 갈 데 없이 막혀 있었다. 그렇다면 어디로 갔을까? 분명 막다른 곳인데도 아이는 사라지고 없었다.

"막동아."

바닥, 법사님이 손가락으로 가리킨 곳이 무언가로 불룩했다. 그 위를 발로 쓸어 내자 네모난 철판이 나왔다. 손잡이가 달린 그것

은 분명 문이었다. 조심스레 손잡이를 잡은 나는 그것을 천천히 들어 올렸다. 쉬익, 바람 소리와 함께 그것은 너무나 쉽게 들렸다.

내려다본 그곳에 아이는 없었는데 그 안 역시 빛이 밝았다. 법사님이 먼저 그 빛을 향해 사다리를 타고 내려갔다. 조금 망설이던 나도 뒤를 따랐고, 문을 닫는 일은 나의 몫이었다. 조심스럽게 내려놓는데도 철커덕, 철판은 요란한 소리를 냈다.

바닥에 닿자 사방은 환했다. 야광주가 그렇듯 옛날이야기에나 나올 법한 이상스러운 방이었다. 넓고 크고 네모반듯했다. 그나마 그런 것들은 이해할 만했지만 비석처럼 매끈한 벽은 이해가 힘들었다. 돌이라고 생각한 그것은 푸르스름한 광택이 났다. 얼핏 보면 철판 같기도 했고 다르게 보면 도자기인 것도 같았다. 어쨌든 벽은 단단했고 미끈했으며 차가웠다.

흙먼지가 지저분해 얼핏 땅으로 보일 뿐 바닥 역시 벽과 같은 것이었다. 한쪽에는 커다란 장독을 닮은 것이 있었다. 그 옆의 네모난 것은 뒤주를 닮았는데, 거기에는 여러 가지 것들이 붙어 있었다. 바둑알 모양이 빼곡했고, 막대를 닮은 것도 여러 개였다. 곧게 뻗은 막대는 손에 쥐기 적당한 굵기에 뭉툭한 손잡이까지 달려 있었다.

나는 막대 중 하나를 슬쩍 잡아 보았다. 아, 그리고 그것을 당겨 보았다.

덜컥.

마음이 내려앉는 소리인 듯 거기서는 그런 소리가 났다.

"하지 마."

법사님의 목소리는 덤이었다.

그래도 왠지 원래대로 돌려놔야 할 것 같았다. 나는 다시 막대를 슬며시 밀어 놓았다.

어느새 옆에 다가온 법사님이 다른 막대를 슬슬 만지고 있었다.

"하지 마세요."

이번에는 내 차례였다. 소용이 없어서 법사님은 기어코 막대를 잡아당겼다.

"크흐으어어어, 크흐으어어어어어……."

아, 울렁귀가 울었다. 벽 너머 바로 옆에서 울부짖었다. 귀는 먹먹했고 사방은 덜덜 떨렸다. 벽에 붙은 먼지가 일었다.

"아, 진짜!"

나는 소리쳤다.

"빨리빨리, 거북아!"

법사님은 어느새 사다리를 오르고 있었다.

"허어!"

그리고 법사님의 탄식은 울렁귀 소리보다 컸다. 문이 열리지 않는다고 했다. 법사님이 내려오고 이번에는 내가 올라갔다. 하지만 다르지 않았다. 머리 위의 문은 꿈적도 하지 않아 두드려도 밀어도 소용없었다.

사다리에 있을까, 아니면 내려갈까? 고민은 잠깐이었다.

"내려오세요. 문을 열어 드리겠습니다."

그 말이 먼저였는지, 조용함이 먼저였는지는 잘 모르겠다. 그 소리가 들렸으니까 말소리가 나중이었을 것이다. 울렁귀의 울음은 어느새 사라지고 없었고, 어떤 이가 고개를 들어 우리를 바라보고 있었다.

"화석골의 종복이로구나!"

법사님 말처럼 그 종복인 듯했다. 그이 말고 다른 사람이 저런 차림일 리 없었다. 그렇다면 저자는 여기서 무엇을 하는 걸까?

앞에서 마주한 그자는 상상하던 것보다 작은 몸집이었다. 그 작은 몸을 칭칭 두른 옷이 그의 움직임마다 나풀댔다. 그리고 그 모습은 상상하던 것보다 더 기괴했다.

"네놈은 울렁귀와 무슨 관계더냐?"

법사님은 벽 너머 울렁귀를 가리키며 그에게 물었다.

그는 대꾸 없이 잠시 망설였다. 묘하게 온화한 분위기가 싱긋 웃는 것도 같았다.

"울렁귀라고 하나요?"

종복은 뒤주 모양의 것에 다가가 막대 몇 개를 당겼다. 그러자 벽 너머 울렁귀는 다시 울었고, 종복이 막대를 밀어 올리자 그 울음은 곧바로 사라졌다.

"울렁귀가 아니라 도구가 내는 소립니다."

무슨 뜻일까?

"여기는 광산입니다."

종복의 말에 법사님이 씨익 웃으며 나를 바라보았다.

"저 소리는 울렁귀가 아니라 도구가 내는 소리예요."

곡괭이질이 시끄럽듯, 광석을 캐는 무언가가 내는 소리라고 했다. 그리고 뒤주를 닮은 것은 그 무언가를 조종하는 또 다른 도구라고 했다. 얼레로 연을 조종하듯 그것으로 광석 캐는 무언가를 움직인다는 설명이었다. 저 뒤주를 닮은 것이 어떻게 조종을 한다는 걸까? 그렇다면 저것은 또 무엇일까?

"멈추세요."

커다란 장독 모양의 것이었다. 내가 그쪽으로 몸을 기울자 종복은 급하게 말했다. 움찔 놀란 나는 얼른 몸을 뒤로 뺐다. 물론 그것을 만질 생각은 없었다.

"그것을 열면 병이 듭니다. 어서 나가십시오."

금광석에서 금을 뽑듯 자신들도 광석에서 무언가를 뽑아낸다고 했다. 그리고 그 무언가를 저 장독 모양의 것에 모아 뒀다고 했다. 그런데 그것이 사람을 병들게 한다니 좀처럼 앞뒤가 맞지 않았다.

"저를 보십시오."

종복은 자신을 손으로 가리켰다. 그러고는 자기의 병이 그 돌 때문이라고 했다.

흥, 웃으려 했지만 나는 주춤주춤 어느새 그 장독 모양의 것을 멀리하고 있었다.

"선비네 조카는 어딨어요? 아이를 내주면 갈게요."

주춤대고 있다는 사실을 깨달은 나는 목소리에 유난히 힘을 주었다.

"선비요? 도여 선비를 말하는 겁니까?"

종복은 선비와 우리의 관계를 그제야 안 듯했다. 그러고는 무언가를 더 물으려다 말고 나가라는 재촉만 여러 번이었다. 나중에는 제 주인을 입에 올리며 은근히 겁을 주기도 했다.

"그이는 참을성이 많지 않습니다. 어서 나가십시오."

그런데 말이 조금 이상했다. 종복이 윗사람을 부르는 데 그이라는 호칭은 어울리지 않았다. 의문을 풀 방법은 없어서 질문을 해도 나가라는 대꾸가 전부였다.

"누가 요괴에게 참을성을 기대할까? 잔인하긴 네놈도 마찬가지겠지."

"그렇지 않습니다."

대답은 그것뿐이었다. 조금 억울함이 묻어나는 목소리였는데,

포졸 이야기를 꺼내자 스스로를 보호한 것이라고 했고, 박여랑 이
야기에는 피식 웃었다.

"그렇다면 여립이란 방사님은 무슨 죄가 있었나요?"

그런데 그 말에는 흠칫 반응이 있었다. 그러면서 봉래산 방사들
을 아는지 되물었다. 그들은 잘 지내는지, 규모는 여전한지 여러
가지를 궁금해했다.

종복의 태도가 누그러든 것은 그 무렵부터였다. 곧잘 대답했는
데 으르렁 소리를 묻는 말에도 그랬다.

"말했듯 도구가 광석을 캐느라 나는 소립니다. 물레방아를 아시
지요? 그것이 여러 사람을 대신하듯 저 도구도 마찬가집니다. 거
대하고 힘이 센 만큼 소리 또한 커다랗고 시끄러울 뿐입니다."

사실일까? 어쩌면 괜한 소리로 울렁귀의 정체를 숨기는지도 모
른다. 하지만 달라진 건 없었다. 돌을 캐는 도구건, 사람을 죽이는
울렁귀건 그저 우리를 해치지 않고 조용하기만을 바랄 뿐이었다.

그렇다면 저런 도구와 저만한 사람을 밑에 두고 부리는 그것은
무엇일까? 그것이 하는 일은 또 무엇일까?

"집으로 돌아갈 길을 찾습니다. 그리고 그 길에 올릴 탈것을 만
듭니다."

엉뚱했다. 의미도 분명하지 않아 술사들이 흔히 하는 의뭉스러
운 대답처럼 들렸다.

"그래, 집이 얼마나 멀기에 아직도 길을 찾아? 그깟 요괴가 어디 마왕이라도 된다더냐? 저기 하늘 위 타화천(他化天)이 자기 집이라도 돼?"

하늘 중에서도 마왕이 산다는 가장 높은 하늘을 들먹이며 법사님이 비아냥거렸다.

"마왕 천자마는 아니더라도 저 하늘 위가 집인 것은 사실이지요."

그런 종복의 대답 역시 비아냥거림이라는 생각이 들었다. 하지만 종복 나름으로는 진지한 모양이었다. 종복은 무언가를 결심한 듯 숨을 들이마셨다. 그러고는 엉뚱한 질문을 했다.

"두 분 역시 공부하는 방사시지요?"

우리의 대답을 듣기도 전에 종복은 약속을 받으려 했다. 주인의 정체를 알릴 테니 비밀을 지키라는 내용이었다.

"그이에게 비밀을 약속하지는 않았습니다. 그저 스스로 그편이 낫다고 생각했을 뿐이지요. 물론 지금도 생각은 변함이 없습니다. 두 방사께서도 함구를 바랍니다."

자신이 주인과의 신의를 저버렸다는 오해가 싫었는지 종복은 그런 말을 했다.

우리가 고개를 끄덕이자 종복은 손가락으로 천장을 가리켰다. 정확히는 천장 너머 하늘, 그 하늘에 박힌 별을 가리키는 손짓이었다.

"그이는 하늘의 별에서 살다 우리 땅에 왔습니다."

황당한 말이었다. 달에는 두꺼비가 살고 태양에는 까마귀가 산다지만 뻔한 거짓말인 걸 나는 모르지 않는다. 더구나 달과 태양보다 훨씬 작디작은 별에서 살았다니 우스개치고도 참 우습지 않았다. 그리고 그 우스개만도 못한 설명을 종복은 계속 이어갔다.

수백 년 전에 그것은 커다란 탈것을 타고 경성의 어느 산에 내려왔다고 했다. 자기 뜻대로 내린 것은 아니고 탈것이 고장 났기 때문이었다. 그날 이후로 요괴는 고향으로 돌아갈 방법을 찾느라 내내 궁리했다. 등잔불이 참기름을 연료로 삼듯 탈것에는 특별한 광석이 필요했다. 봉래산에서 광석을 캤으며 이곳과 화석골을 오가며 고향까지 갈 새로운 탈것을 만들었다. 하지만 쉽지 않은 일이었다. 그래서 우선 작은 탈것을 만들었는데 그것마저 시원치 않아 실험 삼은 시도만도 여러 번이었다. 그 시도마다 도여의 조카, 그러니까 둔갑의 대가로 데려간 둘 중 한 명을 태우고서였다.

설명을 마친 종복은 그 설명이 마치 진실이라는 듯 우리를 빤히 바라보았다. 황당한 거짓말보다 그의 그런 태도가 더 우스웠다. 그래서 나는 큰 소리로 하하 웃었다.

"하하, 별로 가는 길을 닦든 하늘로 올릴 달구지를 준비하든 그렇다 쳐요. 그런데 왜 아무 상관 없는 아이를 납치해요?"

"납치가 아닙니다."

종복은 망설이지 않았다. 그러면서 아이는 자신과 함께하는 편이 더 낫다는 말까지 덧붙였다.

"우리는 잘 돌보며 많은 것을 가르칩니다. 밖은 어떻습니까? 거기서 맞이할 사람들의 시선은 어떻습니까? 자기 자신과 마주한 그 시선은 또 어떻습니까? 똑같은 둘이 있는 그곳에서 아이는 대체 어떻게 살아야 합니까?"

"당신 입으로 당신 주인은 참을성이 없다고 했지요. 그럼 그것의 잔인함은 어떡하나요?"

"그럴 일은 없습니다."

종복은 목소리에 힘을 실었다.

"만약 생긴다면 제가 막을 것입니다. 세상 어떤 공부라도 사람보다 중요하지는 않습니다."

"그걸 안다면서 돼지를 사람으로 둔갑시켜요?"

"둔갑 역시 아닙니다."

납치를 인정하고 둔갑을 주장할 만큼 뻔뻔한 자는 아니었다. 납치를 아니라고 했듯 종복은 둔갑 역시 아니라고 했다.

"새로 만든 것입니다. 그 아이의…… 음……."

종복은 둘러댈 말을 생각하느라 뜸을 들였다. 그러고는 마치 적당한 설명을 찾아냈다는 듯 조곤조곤 입을 열었다.

"우리는 누구나 근본이 되는 것을 품고 있습니다. 아이 역시 그렇지요. 우리는 그 근본을 키우고 이어 붙여 온전한 모양을 만들었습니다."

"흥, 한 줌 머리카락이 어떻게 사람의 근본이란 말이냐?"

도여 선비의 글에는 조카의 머리카락을 가져갔다고 적혀 있었다. 그 사실을 떠올린 듯 법사님이 불쑥 끼어들었다.

"아니요. 그 근본은 몸 어디에나 있습니다."

종복의 말 뒤에 법사님 표정이 조금 나아지기는 했다. 안도하는 표정과 비슷했다.

"그렇지! 어찌 그깟 머리카락에…… 누구는 심장에 있다고 하고, 또 누구는 머리에 있다고 하지만, 어쨌든 머리카락은 절대로 아니야!"

"말씀드렸듯 근본은 우리 몸 어디에나 있습니다."

그런 종복의 말이 이해 가지 않았다. 영은 깃들며 혼은 지니며 얼은 키운다는 사실은 방사라면 누구나 아는 상식이었다. 그렇다면 근본이 그렇게 많을 리 없었다.

"영도, 혼도, 얼도 아닙니다. 그것은 물질이며 고유이며 실체입니다."

종복은 옆에 나뒹굴던 새끼줄 한 토막을 들어 올렸다. 그러고는 그것을 성긴 모양으로 풀어 우리에게 내보였다. 그가 말한 근본은 두 줄로 엉킨 그 새끼줄을 닮았다고 했다.

"그이는 대장장이가 쇠를 다루듯 근본을 다룰 줄 압니다. 농부가 씨앗을 심듯 근본을 심지요."

요괴가 머리카락에서 조카의 근본을 뽑아냈고 그 근본을 돼지에게 심었다고 했다. 그러자 그 돼지가 낳은 새끼들은 사람의 부위를 가진 채 태어났다고 했다. 어떤 돼지는 사람의 심장을, 어떤 돼지는 사람의 팔을, 또 어떤 돼지는 사람의 머리를 가지고 태어났다고 했다. 그 심장과 팔과 머리를 자르고 키우고 이어 붙여 사람으로 만들었다고 했다.

"진짜 사람, 그 근본을 내준 이와 똑같은 사람입니다."

황당했다. 그리고 끔찍했다.

"거짓말! 그건 도리가 아닙니다!"

나도 모르게 불쑥 속마음이 튀어나왔다.

그 말을 신호 삼았는지 법사님이 어깨에 두른 봇짐을 바닥에 내려놓았다. 그러고는 종복에게 성큼 다가갔다.

그 발걸음을 눈에 담자 손에 쥔 몽둥이가 문득 묵직했다. 쓰윽, 또 쓰윽. 바지춤에 손을 번갈아 문지른 나는 양손으로 몽둥이를 단단히 쥐었다.

필요 없는 용기였다. 그자에게 가는가 싶던 법사님은 바닥을 쿵쿵, 이곳저곳을 크게 밟았다. 어딘가에 있을지 모를 입구를 찾는다고 했다. 그럴듯했다. 사방에는 문이 없고, 종복은 갑자기 나타났다. 게다가 법사님의 그런 수색에 종복은 날카로워졌다.

"그만두세요! 어서 나가십시오!"

그런 외침에 법사님은 아무 대꾸를 하지 않았다.

바닥을 다 훑은 법사님이 벽을 더듬을 무렵이었다. 종복은 저벅 저벅 성난 걸음으로 법사님에게 다가갔다. 조금 뒤에는 발걸음이 조심스러웠는데, 손에는 무언가를 쥐고 있었다. 납작하니 조그마한 병과 색깔이 거뭇한 천 쪼가리였다. 종복은 병에 담긴 무엇인가를 그 천 조각에 묻혔다.

탄채는 천 조각 때문에 정신을 잃었다고 했다.

"법사님!"

다급한 외침에 법사님이 놀란 표정으로 돌아보았다.

종복은 자신의 화를 더는 감추지 않았다. 천 조각을 법사님 코에 대려는 게 분명했다. 달려든 종복은 함부로 손을 뻗었고, 그 손목을 잡은 법사님은 천 조각을 밀어제쳤다. 그렇게 둘은 엎치락뒤치락 바닥을 뒹굴었다.

나는 몽둥이를 높이 추켜올렸다. 하지만 그것을 휘두르기가 옹색했다. 종복의 등을 겨누면 법사님의 엉덩이가 가렸고, 엉덩이가 사라지면 종복의 어깨가 나왔고, 어깨를 노리면 어느새 법사님의 등이 보였다.

"머리, 머리!"

법사님의 말을 따르기엔 용기가 나지 않았다. 그래도 휘둘러야 했다. 그래서 나는 휘둘렀다.

종복의 손을 향해서 휘둘렀는데 묵직한 울림이 몽둥이를 타고 전해 왔다. 종복은 신음조차 내지 않았지만 몽둥이질이 괜한 것은 아니었다. 손에서 놓친 천 조각이 눈에 들어왔다. 천 조각을 얼른 주워 든 나는 그것으로 종복의 코와 입을 틀어막았다.

그의 몸부림은 고통이 아닌 반항이었다고 믿는다. 버둥대던 그는 굿판의 종이 인형처럼 축 늘어졌다. 덜컥, 겁이 났다.

"괜찮아, 괜찮아. 숨은 쉰다."

종복의 코에 귀를 댄 채로 법사님이 말했다.

나는 천 조각을 종복의 가슴께에 얌전히 올려놓았다. 그러고는 바지춤에 몇 번이나 손을 문질렀다.

법사님은 어느새 다시 벽을 살피고 있었다. 나도 그 모양을 따라 벽 이곳저곳을 더듬었는데, 바닥은 바닥이듯 벽은 그저 벽이었다. 보이지 않는 문이 갑자기 툭 튀어나올 것 같지는 않았다.

법사님 생각도 나와 같았는지 일단 밖으로 나가자고 했다.

"다시 오면 되지."

종복이 깨어나면 화는 내겠지만 애초에 그렇게 포악한 사람은 아닌 것 같았다. 그가 문을 열어 주면 나가서 사람들을 데리고 돌아오자. 그리고 그 사람들과 함께 요괴를 물리치고 아이를 구하자.

법사님 의견이 나름 그럴듯했다.

"그래도······."

"그래도 뭐?"

"그동안 아이한테 뭔 일이 생기면요?"

"여태껏 없던 일이 오늘 생기겠냐?"

"그럼 그럴까요?"

나의 말에 법사님은 기다린 듯 벽을 더듬던 손길을 냉큼 멈췄다.

"그래, 일단 나가자."

그때였다.

이잉. 꼭 벌의 날갯짓 같은 소리였다. 그 소리와 함께 벽 한가운
데에 선이 생겼고, 그 선은 잠깐 사이에 양옆으로 넓어졌다. 벽이
라고 생각했던 것은 여닫이문이었다. 마치 대화를 엿듣기라도 한
듯 때마침 문이 열렸다.

그렇다면 누가 열었을까? 상관없었다. 그 너머에는 사람 없이
열리는 문보다 더 이상스러운 풍경이 펼쳐져 있었다.

우리는 돼지의 열매

세상에서 가장 커다란 방이었다. 바닥은 들처럼 넓었고 천장은 나무보다 높았다. 그곳에는 생전 처음 보는 물건들이 가득했다. 화덕을 이어 붙인 모양도 있었고, 절구를 반으로 자른 모양도 있었다. 그 물건들은 매끈한 벽과 같은 것으로 만들었는지 푸르스름한 윤기가 났다.

옆에 길게 늘어선 책상들도 마찬가지였다. 빛이 나는 연두색 종이까지 붙었는데, 거기에 적힌 글자가 깜박깜박 혼자서 모양을 바꿨다. 사실 그것이 글자인지는 잘 모르겠다. 한자도 아니었고 한글도 아니어서 글자처럼 보이는 어떤 표시였다.

저 멀리에 우뚝 솟은 것은 거대한 바퀴를 닮았다. 기와집만큼이나 커다란 그것은 바큇살 없이 동그란 테두리뿐이었다. 그리고 그 테두리 한가운데에 동그랗고 거대한 공 모양의 무언가가 둥둥 떠 있었다. 날개도 없이, 매달린 줄도 없이 어찌 저렇게 떠 있을까?

'커다란 공이 하늘로 휙 날아갔다니까!'

팽나무 할아버지의 말이 떠올랐다.

"어?"

법사님도 그 커다란 공을 알아보았다.

훼훼귀를 쫓아냈다는 말을 이제는 믿겠냐며 법사님은 의기양양한 표정이었다. 훼훼귀와 철골귀, 별에서 온 요괴와 그것이 만들었다는 탈것. 이 모든 것이 연결될 듯 말 듯 머리가 복잡했다.

"훼훼귀, 네놈이 바로 철골귀였구나!"

법사님이 소리쳤다. 그리고 그 외침이 뒤웅박 모양의 그것 때문만은 아니었다. 법사님의 눈길 끝에 요괴가 있었다.

"아……."

사람의 걸음이었지만 그것이 사람은 아니었다. 얼굴에는 눈도 코도 입도 없었다. 그냥 동그랗기만 해서 번들거리는 얼굴은 마치 옻칠을 한 커다란 염주 알 같았다. 그렇다면 피부는 딱 달라붙는 옷이었다. 얼굴을 뺀 전부가 금파리의 몸통처럼 푸른색으로 반짝였다. 아니다. 그것은 진짜로 딱 달라붙는 옷 같기도 했다. 그런 옷을 본 적도, 들어 본 적도 없지만 여기는 요괴의 방이 아니던가.

법사님이 이전에 놓쳤다는 요괴가 저것이기를 바랐지만 아닌 듯했다.

"이놈! 내가 네놈 자식은 놓아주었으나 너는 가만두지 않을 테다."

법사님이 쫓아낸 훼훼귀는 작은 체구라고 했다. 하지만 눈앞의 그것은 어른의 몸집이었다. 팔은 사람보다 길어 무릎까지 내려왔고 가슴은 두툼했다. 걸음은 구부정했는데 법사님이 허리를 꼿꼿이 세우며 소리쳤다.

"아이를 내놓거라. 그렇지 않으면 험한 꼴을 당할 거야!"

법사님이 손을 내밀자 나는 얼른 몽둥이를 건넸다. 몽둥이를 받아 든 법사님이 붕붕 소리가 나도록 그것을 휘둘렀다. 요괴의 얼굴은 그저 커다란 염주 알이어서 겁을 먹었는지 어쨌는지 표정을 읽을 수가 없었다. 나는 그게 더 꺼림칙했는데 법사님은 자기 편할 대로 생각하는 모양이었다. 주눅 든 기색 없이 목소리가 당당하기만 했다.

"내가 바로 구랍이다. 오늘은 이만 물러갈 테니 운 좋은 줄 알아라!"

물론 무턱대고 모험을 할 법사님이 아니었다. 기세와는 다르게 뒤로 물러날 채비를 했다. 그런데 법사님이 채 몸을 돌리기도 전에 요괴가 무언가를 중얼거렸다. 그러자 뒤의 여닫이문이 이잉, 아까와 같은 소리를 내며 닫혔다. 나는 얼른 문을 더듬었지만 그것은 미동도 하지 않았다. 턱턱 두드려 봐도, 힘껏 밀어 봐도 벽 모양 그대로였다.

법사님은 그런 나의 다급함을 슬쩍 살폈다. 그러고는 목소리에 더욱 힘을 줬다.

"이놈! 몽둥이 맛을 보고 싶으냐? 아니면 염력에 천장까지 나뒹굴고 싶으냐? 어서 길을 트지 못할까!"

강철이는 가뭄을 부르고, 두억시니는 머리를 깨트린다. 훼훼귀의 능력은 무엇일까? 주문만으로 문을 닫는다는 요괴는 들어 보지 못했다. 하지만 주문뿐이었다. 손짓만으로 벽을 박살 낸다는 요괴도 들어 보지 못했다. 하지만 손짓뿐이었다.

그것이 슬쩍 손을 들자 시익, 날카로운 소리와 함께 뒤쪽 벽이 움푹 파였다. 먼지도 날리지 않아 수저로 두부를 뜬 듯 크고 매끄러운 구멍이었다.

요괴는 담담한 걸음으로 우리에게 다가왔다.

"네놈이 정 그렇다면 나도 생각이 있다. 여기에 들면서 어찌 다른 대비가 없었겠느냐?"

법사님의 말에도 요괴는 걸음을 멈추지 않았다.

"저기 바깥에 육 척 장정들이 온통 깔렸다, 이놈!"

허세에도, 나가게 해 달라는 부탁에도, 그러면 입을 다물겠다는 약속에도 요괴의 구부정한 걸음은 그대로였다.

"막동이는 빼고 너랑 나 둘이서 담판을 짓자. 내가 작은 훼훼귀를 그냥 놓아주었듯 말이다!"

그 말에도 그랬다. 요괴는 천천히 다가왔고, 무슨 일인지 법사님은 몽둥이를 얌전히 바닥에 놓았다. 그러고는 그것에게 걸어갔다. 합장을 하고 옥추경을 읊조리면서였다.

신령하고 보배다운 증표의 명으로 아홉 하늘에 널리 알리나니, 요사한 것을 베고 간사한 것은 얽으며, 마귀 왕의 머리는 자르라. 중산의 신령한 주문과······.

"영보부명 보고구천 참요박사 마왕속수 중산신주 원시옥문 오통일편······."

독경은 쓸데없다. 염력만이 정답임을 법사님이 가장 잘 알지 않던가? 그런데도 법사님은 목소리가 낭랑했고, 요괴는 그 자리에 멈췄다. 독경이 효과를 낸 건 아니었다. 그렇다면 호기심 때문이었다. 대체 무엇을 하고 있나? 요괴에게 얼굴이 있다면 아마 그런 표정이었을 것이다.

몇 발자국을 홀쩍 뛰면 덮칠 만한 거리까지 법사님은 요괴에게 다가갔다. 그러자 그것이 쓰윽 손을 치켜들었다. 나는 움찔했는데 무슨 일이 일어나지는 않았다. 그제야 요괴의 손에 들린 무언가가 눈에 들어왔다. 나는 불을 뿜어 사람을 죽인다는 화승총을 안다.

하지만 들은 것과 다르게 그것은 작고 짧아서 꼭 작은 호미를 닮아 있었다. 그것이 무엇이건 이제 시간이 없었다.

나는 바지춤 쌈지에 손을 넣어 가만히 염주 알을 쥐었다.

"법사님!"

그러고는 그것을 힘껏 던졌다. 그런데 염주 알은 요괴를 맞히지 못했다. 그것을 지나쳐서는 바퀴 모양을 한 커다란 테두리를 통과했을 뿐이다. 그러자 무슨 일인지 테두리와 뒤웅박 사이, 그 공간에서 작은 불꽃들이 일어났다. 마치 마른하늘에 그어지는 번갯불 같았다. 천둥도 없이 그런 번개가 가득하더니 뒤웅박은 바람을 버티는 듯 출렁였다. 무슨 일일까? 요괴는 흠칫 놀라는 듯했고 법사님은 그 틈을 놓치지 않았다.

"이놈!"

버럭 소리를 지른 법사님이 요괴를 덮쳤다. 마음을 다잡은 나도 그쪽으로 내달렸다. 요괴의 힘은 호미를 닮은 그것에 있는 게 분명했다. 요괴는 생각보다 쉽게 법사님 밑에 깔렸고 호미는 바닥에 나뒹굴었다.

그 호미는 바로 내 눈앞에 있었다. 나는 그것을 낚아채려 얼른 손을 뻗었다. 그런데 이상한 소리가 들려왔다. 아기의 칭얼거림 같기도 했고, 문풍지를 뚫는 바람 소리 같기도 했다. 사람의 말은 아니었다. 그렇다면 요괴가 낸 소리였다. 그리고 그 소리는 주문인

게 분명했다.

삐이, 요란한 소리가 머릿속을 헤집더니 물속인 듯 숨을 쉴 수가 없었다. 아, 안개 냄새가 났고, 숨을 헐떡인 나는 털썩 주저앉았다. 아니다. 나는 앞으로 꼬꾸라졌다. 앉았다고 생각했지만 나는 쓰러져 있었다. 법사님도 어느새 쓰러져 요괴는 천천히 자리에서 일어났다. 그러고는 호미 모양의 그것을 집어 들었다.

"이놈……."

법사님이 중얼거렸다. 어쩌면 소리쳤는지도 모르겠다. 법사님의 목소리는 마치 소곤거림처럼 작게 들렸다.

"겨루다 말고 어디를 가느냐."

꿈틀대듯 법사님이 요괴를 향해 기어갔다.

요괴는 그 기이한 주문을 다시 중얼거렸다. 그러자 진짜 안개인 듯 하얀 연무가 사방을 채웠다. 그리고 울컥, 법사님이 토를 했다. 나의 머리가 흐려진 탓일 것이다. 그 토사물이 덩어리가 되어 천천히 떨어지는 것처럼 보였다. 요괴의 걸음도 그랬다. 꼭 물속을 걷는 듯 그의 몸이 둥실거렸다. 요괴는 그 가벼운 걸음으로 법사님에게 다가갔다.

"저놈이 어찌나 입이 무거운지……."

법사님이 요괴의 다리를 부둥켜안았다.

"나는 됐으니 막동이만은…… 막동이는 살려 주게."

언제나처럼 법사님의 괜한 엄살이거나 다음을 위한 속임수라고 생각했다. 그러니까 법사님이 벌떡 일어나 요괴의 멱살을 잡아챌 거라고 생각했다. 아니면 한 바퀴 또르르 굴러 요괴의 디딤 발을 되게 차 줄 거라고 생각했다. 하지만 법사님의 목소리는 여전히 자그맣게 떨렸다.

"부탁이니 막동이는 살려 주게."

아니요, 저 말고 법사님을 살려 주세요! 나는 소리치려고 했다. 하지만 말이 나오지 않았다. 용기가 없어서인지 아니면 힘이 없어서인지 알 수는 없었다. 그냥 무서웠고 멍했고 추웠다.

"내 탓이니, 그저 내가 아둔해서⋯⋯. 막동이는 살려 주세요. 막동이만은 살려 주세요."

법사님은 요괴의 다리를 놓지 않았다.

"제발 살려 주세요. 막동이는 살려 주세요."

눈물과 콧물과 침이 엉겨 그르렁대는 목소리였다.

"못난 나 때문에 괜⋯⋯."

요괴는 손을 치켜들었다. 그뿐이었다.

나는 눈을 감았다. 그런데도 법사님이 보였다. 그렇다면 눈을 떴을지도 모르겠다. 법사님의 얼굴은 반뿐이었다. 그 반쪽 얼굴이 고운 참기름 같은 핏줄기를 옆으로 길게 그었다.

"크흐, 크흐."

울음이 아닌 그런 쓸데없는 소리가 나왔다. 그러고 보니 숨이 차다. 나는 무얼 하려고 했을까?

"크흐으."

나는 숨을 뱉었다. 숨이 너무나 쉽게 나왔고 몸은 가벼웠다. 몸이 가벼우면 정신이 맑은 법이다. 그리고 맑은 정신만이 믿음을 돋운다. 합장 정도는 없어도 괜찮다. 그저 믿음이 가장 중요하니까. 나는 몸을 비웠고, 정신을 세웠으며, 믿음을 굳혔다. 침이 끓었다. 땀은 안개가 됐다. 그리고 눈이 밝았다.

나는 요괴 너머, 뒤웅박을 닮은 그것을 바라보았다.

움직인다, 움직인다.

그러자 그것이 움직였다. 더 세게 움직인다. 더 세게 움직인다. 그러자 그것이 더 세게 움직였다. 이제는 떨어진다.

"텅!"

그것은 떨어졌고 바닥이 울렸다.

언제 왔을까? 요괴가 물끄러미 나를 내려다보고 있었다. 동그란 얼굴은 투명한 거울인 듯 나를 비췄고 그 안은 내보였다. 거울 너머에는 광대뼈가 불룩한 또 다른 얼굴이 있었다. 그렇게 나의 얼굴과 동그란 얼굴과 광대뼈가 불룩한 얼굴이 나를 물끄러미 내려다보고 있었다.

저 얼굴은 무엇일까? 또 저것은 무엇일까? 상관없었다. 이제 조금이면 된다. 나는 뒤웅박 모양 저 크고 무거운 것으로 요괴를 짓누를 것이다.

떠오른다, 떠오른다. 나는 되뇌었다.

무엇을 하고 있습니까? 묻는 듯 요괴가 나에게 얼굴을 바짝 들이밀었다.

떠오른다, 떠오른다.

당신의 힘입니까? 그러고는 뒤웅박을 가리켰다.

뒤웅박 쪽으로 걸어간 요괴가 바닥에서 무언가를 주웠다. 염주 알이었다. 그것을 찬찬히 바라본 요괴가 무슨 이유인지 싱긋 웃는 것 같았다.

떠오른다, 떠오른다.

하지만 그것은 떠오르지 않았다.

떠오른다, 떠오른다.

여전히 그것은 떠오르지 않았다.

떠오른다, 떠오른다. 굳게 믿었지만 그것은 작은 움직임도 없었다. 내 마음속에는 분명 투명한 종이가 없는데도 그랬다.

어릴 적 시골 외가를 가면 밤길이 영 무서웠다. 거기서는 온갖 무서운 것들이 자꾸 따라붙었다. 그것은 어둠이 불러오는 괜한 상상이 아니었다. 재빠른 무언가가 휙 스쳐 가거나 빤히 보이는 무언가가 저만치에서 어른거렸다. 그럴 때는 엄지손가락이 보이지 않도록 주먹을 쥐거나, 근처의 막대기를 주워 휘휘 저어야 한다. 복숭아나무면 제격이지만 귀신도 착각할 때가 있다고 했다.

힘차게 노래를 부르면 잠깐의 안심일 뿐 효과가 없다는 말도 들었다. 오히려 무언가를 불러들인다는 내용이었다. 비슷한 이유로 옆의 친구도 도움이 되지 않았다. 그 애가 나보다 먼저 확 뛰기라도 하면 다리는 후들거려서 쓸모가 없어졌다. 대신 어른들은 도움이 됐다. 그들은 귀신과 아닌 것을 용케도 잘 구별해 냈다.

"고양이야, 고양이."

"감나무잖아. 맞지?"

알고 보면 별거 아니라면서 어른들은 하하 웃었다. 그렇다. 알고 보면 별거 아니다. 그렇다면 알지 못하던 시절, 그때의 사람들은 어땠을까? 그 시절의 이야기를 쓰고 싶었다. 고개를 끄덕일 만한 이야기, '에이, 나뭇가지잖아' 그런 실망이 없는 이야기, 그러니까 그럴듯한 요괴와 도술과 사람의 이야기를 쓰고 싶었다. 그 바람을 이뤘는가는 잘 모르겠다.

누군가는 질투가 자신의 힘이라는데 나의 힘은 자만심이다. 한껏 만족하며 썼다. 하지만 나는 안다. 출간된 책을 읽고 나서는 더 나은 문장을 떠올리며 후회할 테고, 이야기의 엉성함에 부끄러울 것이다. 바라는데 그런 후회와 부끄러움이 적었으면 한다. 그리고 은유가 칭찬을 해 줬으면 좋겠다. 이제 막, 말다운 말을 하는 나이니까 물론 나중의 일이다. 그때 아빠의 책을 읽고 '재밌어' 말해 준다면 정말 좋겠다.

책을 볼 때 작가의 말을 빠트리지 않고 읽는다. 그런데 거기에는 무슨 표준 양식이라도 있는 듯 누구누구에게 감사하다는 말이 꼭 따라붙는다. 조금은 불만이었는데 이제는 안다. 세상에 나와야 책이고 그 누구누구가 없이는 책이 세상에 나올 수가 없다. 송수연 작가님과 김정택 대리님과 최성휘 부장님께 많이 고맙다. 아무런 수식을 원하지 않는 아내와 항상 힘이 되어 주는 처가 식구들, 그리고 나의 첫 번째 독자인 형과 언제나 밝은 동생, 책이 나오면 나보다 더 기뻐하실 부모님에게는 물론이다.

2021년 10월

신설

조선 요괴 추적기

© 신설, 2021

초판 1쇄 발행일 | 2021년 10월 15일
초판 2쇄 발행일 | 2022년 5월 20일

지은이 | 신설
펴낸이 | 정은영
편   집 | 최성휘 문진아 정사라
마케팅 | 최금순 오세미 김현아 오경미
제   작 | 홍동근

펴낸곳 | (주)자음과모음
출판등록 | 2001년 11월 28일 제2001-000259호
주   소 | 10881 경기도 파주시 회동길 325-20
전   화 | 편집부 (02)324-2347, 경영지원부 (02)325-6047
팩   스 | 편집부 (02)324-2348, 경영지원부 (02)2648-1311
이메일 | jamoteen@jamobook.com
블로그 | blog.naver.com/jamogenius

ISBN 978-89-544-4765-2(43810)